AF305992

LA LITTÉRATURE

ET

LA SOCIÉTÉ,

À PROPOS DU COURS

DE M. SAINT-MARC GIRARDIN.

PAR S. R.

——————▶▶▶▶◖❂◗◀◀◀◀——————

PRIX 1 FRANC.

——————▶▶▶▶◖❂◗◀◀◀◀——————

PARIS.

JULES RENOUARD ET Cⁱᵉ LIBRAIRES-ÉDITEURS,
RUE DE TOURNON, N° 6.

1846

LA LITTÉRATURE ET LA SOCIÉTÉ,

A PROPOS

DU COURS DE M. SAINT-MARC GIRARDIN.

I.

Dans le tourbillon rapide qui emporte la société contemporaine, au
milieu de ce pêle-mêle général où chaque homme entraîné par ses
affaires ou ses plaisirs a si peu de temps à donner aux choses qui
n'intéressent pas directement son égoïsme, il ne semble pas étrange
au premier abord que les amphithéâtres de la Sorbonne où se pres-
saient autrefois à côté d'une jeunesse grave, intelligente et noblement
passionnée, les plus dignes et les plus respectées de nos illustrations
sociales ne soient plus occupés aujourd'hui que par un petit nombre
d'auditeurs obscurs dont la physionomie triste, impassible laisse en-
trevoir à travers le masque d'une concentration prématurée, tous les
symptômes accusateurs du motif vulgaire qui les amène et les maî-
trise. On se dit, dans le silence d'une réflexion superficielle, que si
les cours de la Faculté des lettres n'ont plus le pouvoir de captiver
nos âmes, c'est que l'objet de leurs leçons fut sans doute englouti dans
le commun naufrage, et qu'il n'est pas extraordinaire que la littérature philosophique soit allée, comme sujet de préoccupation sérieuse,
grossir avec la tragédie les ruines de tant d'autres choses qui faisaient
le charme de nos pères. Combien d'institutions, *d'une influence plus
étendue,* se sont trouvées sans aucun rapport, surtout depuis cinquante
ans, avec les besoins nouveaux de la vie active ! !...

Mais ceux, et le nombre en est grand encore, qui ne s'en laissent
pas imposer par les apparences, qui mesurent la valeur d'une chose
sur le rang élevé qu'elle occupe dans la série de nos besoins éternels ;
ceux qui jettent sur chaque fait grave le coup-d'œil réfléchi d'une
attention sérieuse pour remonter sûrement de l'effet à la cause ; qui
comparent enfin le temps et les professeurs d'autrefois avec le temps
et les professeurs d'aujourd'hui, ceux-là s'aperçoivent bientôt que la
solitude qu'ils déplorent ne provient ni du mépris ni de l'ignorance,
et que la parole magique des Guizot, des Villemain, des Cousin n'est
pas la seule force attractive qui manque à la voix de leurs succes-

1.

seurs. Les hommes qui s'abandonnent au fatalisme de la passion individuelle se croisent majestueusement les bras, tout émerveillés de
leur profondeur, lorsqu'ils ont débité cette positive sentence : « Le
nombre et la grandeur des intérêts nouveaux ne laissent plus qu'une
place infime aux discussions philosophiques et littéraires.... » Si les
hommes qui ont le plus participé, depuis 1830, à la direction réelle du
pays n'étaient pas précisément les anciens professeurs de la Sorbonne;
si, à part l'un d'entre eux dont les théories spéculatives s'accommo-
dent, en raison de leur essence nuageuse, avec toutes les variétés
possibles de représentation nationale, ils n'avaient pas largement
contribué à la consolidation du gouvernement de juillet, cette sentence étroite que nous avons entendu prononcer par des publicistes
qui se donnent en vraie science sociale pour beaucoup plus avancés
que leurs contemporains, ne nous causerait aucune surprise et nous
ne songerions pas même à désillusionner ceux qui sont dans l'erreur.

Il est difficile, nous le savons, dans le labyrinthe si compliqué des
passions et des intérêts humains de saisir avec précision le fil conducteur de la pensée et d'en confier la garde à la faculté régulatrice
et vraiment souveraine ; mille causes issues du caractère individuel,
des circonstances sociales et de l'éducation viennent à chaque instant
déplacer le point de vue et troubler dans leurs appréciations de très
fermes et très lucides intelligences. Cependant le fil conducteur et la
faculté souveraine existent, et celui-là seul est un homme d'état qui
sait voir le lien encyclopédique des choses et parcourir d'un coup-
d'œil, suivant l'ordre même de leur hiérarchie, tous les anneaux de la
chaîne si multiple, si confuse des passions contemporaines, sans
jamais commettre de ces méprises dont une seule a suffi naguère pour
ébranler du même coup et la sécurité du présent et les plus justes
espérances de l'avenir.

Si cette pénétration universelle est rigoureusement nécessaire à
l'homme d'état, aujourd'hui surtout que la compression morale est
toute volontaire, tout individuelle et non collective, nous demanderons aux contempteurs superbes de la littérature où se trouve le miroir
magique qui réfléchit tour-à-tour, avec la vivante image de la société
active, toutes ces nuances imperceptibles de l'âme dont l'ensemble,
divisé en variétés infinies, constitue la science profonde sans laquelle
nul orateur, quelle que soit l'énergie de sa puissance, ne saura jamais,
dans un état libre, influer victorieusement sur les personnalités qui
l'environnent. Il ne suffit pas pour avoir le droit d'aspirer au manie-

ment des affaires publiques d'étudier avec conscience toutes les parties d'un grand système, d'en démontrer spéculativement la supériorité sur toutes les combinaisons pratiquées ; il faut encore, et c'est là le point capital, posséder le talent d'éclairer les heureux du jour et leur prouver mathématiquement qu'en modifiant leur manière de vivre ils recueilleront le bénéfice palpable d'augmenter leurs revenus et de multiplier les jouissances qu'ils ont trouvées jusqu'ici dans les conditions actuelles de leur bien-être. Les méthodes expéditives de Napoléon sont ensevelies dans son linceul ; et ceux qu'enthousiasme cette grande figure peuvent philosopher tout à leur aise sur les résultats problématiques de son empire, et faire briller, aux yeux des masses, les merveilles avortées avec sa dernière campagne sous les frimas cruels de la Russie. La nation ne cherchera pas à les contredire ; elle achetera même leurs livres s'ils ont du coloris, mais là s'arrête aussi sa docilité rétrospective. Chacun en effet conçoit instinctivement qu'il possède en lui-même une portion intégrante de la volonté souveraine, et sa fierté complexe repousse avec dédain quiconque ne satisfait pas tout d'abord ses exigences individuelles et ses aspirations généreuses.

Lorsqu'une société (1) est parvenue enfin à travers les tristes écarts d'une expansion désordonnée à conquérir dans toute sa plénitude l'horizon immense et trop long-temps voilé de son libre arbitre ; lorsqu'elle apprécie d'une vue distincte les besoins du présent et les nécessités de l'avenir, que son énergie intellectuelle concentrée sur elle-même lui découvre les lois positives de sa destinée et le secret de son influence sur les diverses sociétés du globe, le pouvoir qui régit une telle agrégation d'hommes ne doit plus être tributaire du hasard, et les amateurs de la civilisation par le sabre n'ont pas de meilleures chances auprès d'elle que les tribuns fourvoyés de la convention *future*. Alors se fait sentir le besoin de ces organisations de haut titre qui, reléguées, aux époques ténébreuses, dans les rangs inférieurs de la hiérarchie, recueillent, lorsqu'elles ne s'éteignent pas en silence, les rayons épars de la science sacrée pour les fixer en traits ineffaçables dans ces monumens immortels que le respect des peuples nous transmet d'âge en âge.

C'est l'élite de ces caractères privilégiés, que chaque génération porte avec elle, que nous avons vu moissonner, en 93, par la hache

(1) Nous croyons devoir avertir ici que les mots *société* et *nation* ont, dans ce travail, un sens opposé à ceux de *foule* et de *multitude*.

égalitaire de la terreur ; c'est encore elle que Napoléon poursuivit de ses haines ou parvint à captiver par des séductions éblouissantes ; c'est elle enfin que la grande victoire de juillet fit sortir de son obscurité séculaire pour l'élever au plus haut point de puissance qu'ait jamais exercé la pensée depuis l'origine de l'univers. Soldats et directeurs à-la-fois de cette phalange intellectuelle qui venait de renverser les débris d'un passé, si laborieusement reconstruit par un Charlemagne éphémère, les professeurs de la Sorbonne, rangés par le fait entre les modérateurs du mouvement politique dont la rapidité déconcerta d'abord les calculs réfléchis du plus prévoyant, durent appliquer aussi l'énergie de leurs facultés à retenir sur le penchant de l'abîme le vaisseau social, lancé pour la troisième fois dans une voie périlleuse : merveilleusement servis, il faut le dire, par la tête royale la mieux organisée pour dominer et maintenir, du haut de sa position suprême, toutes les rivalités individuelles qui, jusque dans le camp des pilotes conservateurs, divisaient profondément les esprits et menaçaient, au choc du moindre ouragan populaire, de faire sombrer l'équipage avec les passagers.

Nous savons déjà pourquoi les anciens professeurs de la Sorbonne abandonnèrent leur chaire en 1830 ; et cette élévation subite qui leur fut si souvent et si amèrement reprochée n'est plus à nos yeux que ce qu'elle fut, en fait et en droit, la conséquence logique, inévitable d'une révolution légitime qui, brisant les barrières de fer que la restauration opposait encore au génie, eût fait un ministre de Béranger lui-même, si notre chansonnier national avait eu la fantaisie de l'être. La manière éclatante dont M. Guizot justifie sans cesse, depuis plus de six ans, l'intronisation dans les sociétés modernes de ce grand principe émancipateur, est une réponse décisive aux récriminations des hommes qui, déjoués dans leurs continuels efforts pour le renverser, voudraient maintenant faire croire au pays que la haute intelligence du ministre des affaires étrangères n'entre pour rien dans le phénomène de sa durée.

Mais ce que nous ne savons pas encore, c'est la cause réelle et supérieure qui, depuis 1830, fait planer sur la Sorbonne un silence de mort, qu'interrompent seulement, par intervalles, des éclats de voix sans portée, retentissans comme l'écho d'une tombe. Nous désirons connaître si l'infériorité incontestable des professeurs actuels provient de leur insuffisance personnelle plus encore que de leur point de vue, et si l'indifférence du public intelligent pour la parole de ces messieurs se trouve aussi bien justifiée que l'auditoire d'élite qui se suspendait jadis aux lèvres de leurs illustres prédécesseurs.

La première remarque qui résulte d'abord de nos considérations précédentes et qu'il est facile de vérifier dans les leçons des trois professeurs, c'est que les cours de MM. Guizot, Villemain, Cousin — ce dernier sous un seul rapport — furent, pendant toute la période de leur durée, en corrélation intime et saisissante avec les idées et les besoins qui devaient aboutir à un changement de dynastie. Et si de ce glorieux triumvirat littéraire un seul à travers seize années d'existence publique, fréquemment assombries par les agitations de la rue, a réellement tenu le gouvernail des générations mûries, c'est que, joignant à sa puissance personnelle les hauts enseignemens d'une science, qui réclame du penseur, pour lui révéler ses secrets, la triple faculté de l'historien, du philosophe et du poète, il a pu concentrer en lui cette expérience universelle dont le regard impassible pénètre et suit à la trace pour les prévenir ou les détourner les causes les plus cachées des révolutions subversives. Par un tact supérieur qui n'était que le pressentiment de sa destinée, une fois entré dans le sanctuaire législatif, il a dépouillé sans retour les prérogatives du professeur, abandonnant aux mains de ses anciens collègues la portion considérable d'influence qui s'y trouvait attachée; et cette circonstance qui livrait, sans contre-poids, les deux autres aux inspirations isolées de leur personnalité discordante, n'a pas peu contribué peut-être à faire baisser graduellement jusqu'au dernier échelon de la décadence, ce haut enseignement de la Faculté des lettres, si vaste et si brillant jadis, alors que, divisés de tendances, mais équilibrés par une émulation généreuse, les trois professeurs lançaient du haut de leurs chaires cette parole forte et colorée qui, pareille à l'étincelle électrique, courait avec les mille voix de la presse sur tous les points du pays, s'adressant à-la-fois aux vives sympathies de la jeunesse et aux graves pensées d'un autre âge....

Si la littérature n'était pas l'élément dominateur dans les facultés nécessaires à l'homme d'état moderne; si les plus hautes fonctions sociales ne lui empruntaient pas, avec leur relief extérieur, le fond même de l'activité qu'elles exigent, l'insignifiance ou la fausseté des enseignemens littéraires ne mériterait pas une attention très sérieuse et les hommes graves n'auraient qu'à détourner la tête, sans argumenter sur leurs conséquences. Mais puisque nous voyons toujours les professeurs et les disciples puiser là la substance précieuse qui les sépare du vulgaire et leur fait franchir rapidement tous les degrés de la hiérarchie, c'est moins dès-lors une curiosité qu'un devoir de rechercher si l'indifférence publique pour les cours de la Sorbonne ne serait pas une duperie réelle, et si de leur direction actuelle et de leur portée, qui doit expliquer leur solitude, ne découle pas pour l'état et la société tout entière le danger le plus imminent qui ait encore assailli la monarchie de juillet.

II.

La grande plaie de notre époque, celle qui paralyse et fait gaspiller en tâtonnemens infructueux la plus pure et la plus noble portion des forces morales du pays, c'est cette division en spécialités infinies du domaine général de la science, qui va réduisant sans cesse l'esprit synthétique de sa nature, en parcelles rivales de plus en plus ténues, pour les emprisonner en autant de cases hermétiquement fermées que les phrénologues ont signalé de bosses sur la surface du crâne humain. Les préjugés qu'engendre chaque jour cet empirisme intellectuel ont si bien envahi l'état que ceux-là même qui, par la complexité de leurs facultés, sont le moins accessibles à l'erreur, subissent avec la plus étonnante modestie, dans une foule de cas où la solution cherchée relève de leurs lumières, le joug des hommes que la routine a décorés du titre exclusif de savans. — Nous osons croire que ce renversement des lois imprescriptibles de l'intelligence a plus que tout le reste concouru au triomphe momentané des intérêts égoïstes sur les conseils supérieurs de la pensée gouvernementale. Lorsque les maîtres négligent de régler l'ordre de leur maison et de réserver, pour les plus dignes hôtes, les parties principales de l'édifice, la plèbe et les valets s'en emparent : n'est-il pas juste alors que les valets deviennent les maîtres ! et cette fièvre incessante qui pousse les individus à grandir leurs projets de fortune en raison inverse des proportions de leur pensée, n'est-elle pas la conséquence logique d'un état de choses qui subordonne la direction des plus nobles travaux de l'âme aux vulgaires ambitions d'une personnalité sans grandeur !.....

Les horizons ouverts devant l'intelligence depuis 89, et surtout depuis l'ère pacifique de 1830, sont si merveilleux et si sereins qu'on peut s'étonner à juste titre que les hommes chargés par fonction d'y promener leurs regards, aient préféré tourner les yeux en arrière et suivre ainsi la pente dangereuse du flot qui refoule l'esprit dans un présent sans avenir. Mais, ce qui doit plus surprendre encore, c'est que ces mêmes hommes qui frustrent ainsi la jeunesse contemporaine du plus sacré des héritages, qui la font par cela même déchoir du haut rang que lui ont conquis (1) nos pères, se posent très naïvement devant elle comme les gardiens sévères de la bonne morale et du bon goût.

Cette illusion tient à des causes trop profondes, elle décèle dans le professeur qui s'y laisse aller, et que nous tenons pour un homme très peu turbulent, une crédulité trop dangereuse, pour qu'il ne soit pas temps d'examiner avec la valeur de ses titres à la mission qu'il s'arroge les conséquences sociales et politiques, — nous appuyons sur ce dernier mot, — qui jaillissent, comme de source vive, du système très nettement formulé, malgré ses vagues réticences et ses contradictions, dans les écrits imprimés et les leçons parlées de M. Saint-Marc Girardin.

Le choix que nous faisons de ce professeur, dont nous avons lu les ouvrages et plusieurs fois entendu la parole, n'est ni capricieux ni arbitraire : il dérive de l'importance du cours de littérature française, qui, comme l'indique son titre même, résume dans son cadre et ses attributions, le cercle entier du domaine que se partagent les divers professeurs de la faculté des lettres.

Qu'est-ce en effet que la littérature ? Quel est son but et sa vraie fonction dans le mouvement de la société active ? c'est, s'il faut en croire M. Saint-Marc Girardin, *l'expression ou la peinture embellie des sentimens généraux du cœur, peinture fondée sur des opinions morales parfaitement indépendantes des mœurs réelles de la société, et qui poussent, les unes à créer le beau, les autres à créer le laid.*

En d'autres termes, la littérature est un beau loisir, un luxe de la vie sociale, dont le domaine exclusivement réservé à l'imagination et circonscrit dans de certaines limites, est un sanctuaire inaccessible aux préoccupations agitées de la vie.

Nous disons, nous au contraire avec tous les grands écrivains, dont nous ne sommes ici que l'humble interprète, que la littérature a pour fonction suprême D'EXPRIMER ET DE PEINDRE TOUTES LES MANIFESTATIONS DE LA NATURE HUMAINE, DU POINT DE VUE D'UN BEAU IDÉAL, DONT LE PRINCIPE EST DANS L'INTELLIGENCE ET DONT L'HORIZON S'AGRANDIT OU SE RESSERRE CORRÉLATIVEMENT AU TON GÉNÉRAL QUI RÉGIT LES ÉLÉMENS DIVERS DE LA SOCIÉTÉ CONTEMPORAINE, A CHAQUE ÉPOQUE LITTÉRAIRE.

(1) Par la science et les arts.

De cette définition souverainement compréhensive à l'opinion puérilement restreinte de M. Saint-Marc Girardin, la distance est si prodigieuse que, si nous parvenons, comme nous en avons l'espoir, à démontrer le rapport parfait de tous ses termes avec la réalité des choses, le lecteur n'aura plus qu'à comparer les temps pour embrasser d'un coup-d'œil l'étroitesse de vues, les méprises et les inadvertances ridicules ou dangereuses qui résultent forcément d'un système où, pour remplir son heure et donner le change à son auditoire, le professeur est sans cesse obligé de sacrifier la vérité historique et littéraire aux nécessités impérieuses de la leçon du jour.

M. Saint-Marc Girardin se met si bien à l'aise lorsqu'il raisonne sur la littérature, qu'il nous amènerait à nous imaginer, si nous l'en croyions sur parole, que les sociétés humaines étaient toutes faites et au grand complet, dès le commencement du monde ; et que les poétiques sont venues avec les rhétoriques tracer les règles des poèmes divers et de l'art oratoire aux poètes et aux orateurs qui s'ignoraient encore. Il semble, d'après lui, que les hommes n'ont eu qu'à s'asseoir sur les banquettes du théâtre et à s'assembler au *forum* : le théâtre, la tribune, les tragédies, les discours furent bâtis successivement avec la célérité féerique d'une décoration d'opéra. Malheureusement, hélas ! il n'en fut pas ainsi. Les beaux-arts, comme tous les élémens sociaux qui concourent au bien-être et au développement des sociétés, sortirent, par un enfantement douloureux, à travers les guerres et les révolutions, du cerveau de l'humanité souffrante, merveilleusement symbolisé par la Minerve antique. C'est partout et toujours la fatalité de cette grande et primordiale loi qui soumet l'enfant, dans le sein de sa mère, au travail maladif d'une élaboration successive, le pousse à la lumière au milieu des gémissemens, et ne l'élève à la condition d'homme fait qu'après l'avoir initié, par un long et rude apprentissage, aux réalités sérieuses de la vie. Les poétiques, et M. Saint-Marc Girardin a des raisons pour n'en rien dire, résultat posthume des observations recueillies par des philosophes, ont donc suivi les monumens littéraires qui leur ont donné naissance. Ces monumens, premiers chefs-d'œuvre de la pensée humaine, sanctionnés et transmis aux siècles futurs par l'admiration générale, devront ainsi porter en eux, avec les principes qui seront formulés plus tard en théories, les passions et les sentimens du cœur de l'homme, développés et dirigés conformément aux usages sociaux et aux besoins politiques et religieux des générations contemporaines. Supposer qu'il en peut être autrement, c'est prêter à des sociétés naissantes, sans cesse attaquées et conséquemment mal assises, le calme et la sécurité des peuples qui réunissent à l'avantage d'une nationalité séculaire, la dépouille universelle et progressive des traditions du passé. Ce genre d'anachronisme est le piège facile où tombent les littérateurs qui n'ont jamais connu de l'existence que ses beaux loisirs et ses félicités.

De cette donnée lumineuse qui nous présente d'abord les poètes comme les premiers instituteurs des nations et les pères véritables de la philosophie, nous arrivons subitement, par le plus simple et le moins chanceux des calculs, à pouvoir préciser l'origine, l'accroissement et la succession des littératures, depuis la poésie brute et primitive, jusqu'aux inspirations si complexes de nos civilisations modernes. Chants religieux, épopée, tragédie, ode, élégie, comédie, satire, etc., ne sont plus, comme on l'a si long-temps pensé, des inventions spéculatives, éclairs imprévus du génie, éclos, sans filiation régulière, du cerveau des poètes, doucement assis au foyer domestique ou s'en allant à travers le monde quêter une obole à leur faim besogneuse : ce sont les vives images de l'humanité grandie, déroulant, par la bouche de ses devins, d'une voix accentuée et frémissante, l'histoire de ses éternels besoins et de ses péripéties douloureuses. C'est une *marseillaise* continue, mais sainte et prophétique qui, saisissant l'homme à son berceau, l'arrache aux horreurs de la vie sauvage, soutient son enthousiasme à travers les épreuves de son ascension progressive et le conduit enfin jusqu'à ces hauteurs sublimes d'où la pensée, déjà plusieurs fois éblouie, n'a plus aspiré qu'à descendre.

Une remarque qu'il est essentiel de faire, parce qu'elle est profondément révélatrice, c'est que les préoccupations sensuelles, muettes comme la pâture des tombeaux, à l'origine et au point de maturité des civilisations primitives, inspirent toujours la vierge sacrée (1) au moment où l'âme humaine, déçue et refoulée sur elle-même a vu s'évanouir, une à une, dans les écarts désordonnés de ses passions grandioses, jusqu'à la dernière et la plus intime de ses illusions généreuses. Élément nécessaire de toute aspiration matérielle, l'égoïsme sans contrepoids triomphe alors des tendances natives de la pensée ; et ce que des observateurs superficiels prennent souvent pour l'inspiration joyeuse d'une société jouissant en paix, à son apogée, de l'heureux

_____

(1) La poésie.

fruit de ses labeurs, n'est en réalité que l'orgie plus ou moins déguisée d'une civilisation en décadence.

Les passions humaines ne suivent pas, dans leur essor collectif, la ligne droite que des analystes, sans poésie, ont cru découvrir dans les alluvions accumulées des nations éteintes. Clavier mystérieux, composé de notes rivales, mais soumises aux lois d'une hiérarchie mesurée, le cœur de l'homme, une fois mis en présence de ses stimulans naturels, aspire à former une harmonie régulière qui, de l'individu s'étendant à la masse, parcourt sans relâche, dans son développement, les points déterminés d'une progression continue. Or, à quelque degré de l'échelle sociale que l'individu se trouve placé, ses besoins ont une voix dont les sons distincts ne sauraient tromper son oreille ; et l'instinct d'une dignité qui s'entrevoit jusque sous les torpeurs de l'abrutissement, l'avertit sans cesse qu'une distance infinie sépare de lui les êtres inférieurs et qu'une obéissance aveugle aux entraînemens de la matière, est une honteuse déchéance qui le ravale à leur niveau. De là cette force providentielle qui pousse les particuliers et les masses à dompter l'orgueil des passions esclaves et à soumettre leur essor au frein d'une discipline réglée dont l'action, plus ou moins compréhensive, détermine, par classes et catégories tranchées, les titres caractériels des individus et des peuples. Ce phénomène constamment identique, quant à son apparition et à ses phases, partout où les individualités ressentent le besoin d'une cohésion puissante, est une réponse bien péremptoire aux ennemis persévérans des traditions sacrées. Si malgré les influences de climat et d'institutions, souvent contradictoires, tout homme et toute race, douée de virtualité et d'énergie, subordonnent leurs prétentions de prééminence au succès d'une lutte intérieure dont le terme est le triomphe absolu du principe moral sur les instincts sensuels, il est clair que les prescriptions supérieures qui ont survécu au renversement de tant de choses, ont l'autorité mathématique des axiomes ; et que toute association qui ne repose pas sur cette base immuable porte infailliblement en elle des germes de dissolution et de ruine. Il n'est pas besoin de dire qu'il s'agit ici des élémens qui constituent la grandeur normale des individus et des nations et non des élémens inférieurs dans l'agrégation fortuite, résultat d'intérêts temporairement unis, réalisent dans le champ de l'industrie, des associations vivaces en apparence, mais fatalement éphémères, parce qu'elles ne sont pas fondées sur le principe immortel, qui seul les féconde et les éternise. On a tant abusé, depuis quinze ans, de ce grand mot *association*, que son emploi provoque aujourd'hui plus d'une méprise involontaire.

Si donc, avons-nous dit, l'essor primitif des passions se développe toujours au sein d'une organisation réglée, sous l'influence d'un sentiment inné de dignité personnelle, dont la compréhension se proportionne toujours au titre du caractère individuel et à l'esprit des institutions dominantes, il devient essentiel pour découvrir avec leur raison d'être la valeur relative et générale des divers monumens littéraires, et classer sûrement leur importance dans le travail continu de la pensée, de comparer d'abord chaque production poétique avec l'époque sociale qui l'engendra, puis avec les idées et les mœurs du peuple qui lui prêta son idiome, enfin avec les tendances les plus élevées des besoins généraux du cœur humain.

Ce critérium qui répond à tous les termes de la définition posée nous permettra de faire ressortir sans cesse la vérité fondamentale que M. Saint-Marc Girardin n'a pas reconnue, à savoir que, dans toute création littéraire un peu importante le caprice individuel de l'écrivain est forcément dominé par le milieu qui l'entoure ; et, qu'à part le cachet de perfection et d'originalité particulière qui fait sa gloire, chaque auteur a puisé dans les idées, etc., de la société contemporaine tous les élémens principaux qui déterminent la portée de son œuvre.

Cette obéissance de la pensée créatrice, d'une part, aux convenances impérieuses de la société conventionnelle, et, d'une autre part, la pleine subordination de ces exigences au principe supérieur d'unité qui fait la force des nations, sont si visiblement empreintes dans les chefs-d'œuvre des quatre grands siècles de Périclès, d'Auguste, de Léon X et de Louis XIV, qu'il nous semblerait étrange que M. Saint-Marc Girardin n'en ait rien su dire si la moindre observation sur ce point capital n'eût suffi pour faire écrouler son système. Que deviennent en effet les élucubrations quintessenciées du professeur sur *l'émotion dramatique, l'amour de la vie, l'amour paternel*, etc., etc., s'il est prouvé que tous ces effets des sentimens généraux du cœur ne peuvent se traduire en œuvres durables, portant le nom soit de tragédie, soit de comédie, que sous la sauvegarde d'un principe suprême, quelle que soit son origine et sa base, dont la compréhension serve de moule aux ressorts employés dans les fictions du poète. Il est si vrai que l'émotion dramatique n'obéit pas arbitrairement à la volonté de l'auteur, lorsque les mœurs et les idées sociales ne lui prêtent pas le secours tout puissant de leur influence, que les talens les plus souples et les moins contestables ne purent, aux époques les plus diverses et malgré de hauts encouragemens, réaliser la vérité d'une conception théâtrale sous l'empire d'institutions qui repoussaient sa nature.

Considérons l'une après l'autre toutes les compositions littéraires qui remplissent les quatre grands siècles, toujours l'ensemble de l'œuvre reflétera la pensée générale de chaque règne, et cette loi, qui n'est autre que le principe même d'où dérivent les arts, est si absolue, que les productions les plus frivoles et les moins monumentales n'ont pas échappé à ses exigences. Le caractère d'unité imposante que nous remarquons, sous tous les rapports, dans les gouvernemens de ces époques célèbres, sous l'autorité des grands hommes qui les personnifient, n'exerçait une influence irrésistible sur les individus et les poètes, que parce qu'ils y trouvaient réalisée la plus haute expression connue de cet idéal de force et de grandeur dont la nature a déposé l'instinct dans toutes les âmes. De là ce mouvement général de progression continue qui se montre à nous sous l'image d'une chaîne immense et complexe, dont les anneaux inférieurs aboutissent aux derniers rangs de l'échelle sociale et les anneaux supérieurs au souverain, et qui conserve son énergie ascendante tant que la conviction et l'enthousiasme entretiennent l'émulation universelle. Mais la vérité intégrale ayant seule le privilége de passionner éternellement les âmes, une fois le type souverain, cause passagère de l'unité puissante, disparu de la scène du monde, les instincts vulgaires, momentanément disciplinés par le ton général, ressaisissent leur influence et les sentimens élevés dont la prédominance exige une tension morale, qui veut être justifiée par le but, voient tarir en s'affaissant toutes les sources vives de leur activité généreuse. De là aussi cette progression renversée dont l'évolution, plus ou moins rapide, parcourant en sens rétrograde, toute la hiérarchie des passions, ramène les caractères et les esprits aux préoccupations inférieures de la vie; et, qui, si des croyances individuelles n'arrêtent pas la société sur cette pente glissante, la plonge sans retour dans les enivremens grossiers d'un matérialisme abrutissant.

Il est facile de suivre, pas à pas, dans les créations successives que nous ont léguées les âges, ces signes irréfragables de vitalité et de décadence qui nous offrent, dans une série de cadres, régulièrement proportionnés, le tableau multiple et complet des modifications de la pensée sociale, invariablement corrélative à la pensée littéraire. Nous trouvons toujours par une coïncidence qui ne saurait ne pas être, que l'importance, le degré de perfection, la vérité relative et générale des œuvres sont constamment en rapport avec le degré de puissance et de compréhension unitaire de l'idée souveraine et des institutions; et, ce qui n'est pas moins révélateur, que les altérations de la forme accompagnent, chez tous les écrivains, la dégradation progressive de la croyance populaire, en même temps que la nature de leurs conceptions correspond rigoureusement au caractère spécial de la phase ascendante ou décroissante de la société qui les inspire. C'est ce qui nous explique cette contradiction apparente, et qui n'a pas été bien sentie de l'apparition des épopées, c'est-à-dire du genre de poëme dont l'exécution est la plus vaste et la plus difficile, aux époques de naïveté sociale où les civilisations, s'essayant à la vie, ne font entendre encore que les premiers bégaiemens de l'enfance; c'est ce qui nous explique encore cette filiation non interrompue des divers genres de littérature, dont les règles tardives ne sont venues que lorsqu'elles n'étaient plus nécessaires, et qui tous caractérisent si vivement chacun une face particulière de la période parcourue.

Pour nous appuyer sur un exemple qui les résume tous, parce que la plupart des autres y ont puisé leur origine, jetons d'abord un coup-d'œil sur le mouvement social et littéraire, si varié et si dramatique à-la-fois de la civilisation grecque. Depuis Mélampe, Orphée, Musée, Linus et les autres poètes législateurs dont le nom se perd dans la nuit des temps, jusqu'à cette phalange de poètes satiriques, au-dessus desquels plane de si haut la figure spirituelle et mordante du cynique Aristophane, ne voyons-nous pas subsister indélébile, à travers les siècles, cet accord profond de la forme gouvernementale et de la forme littéraire qui fait de la littérature des Hellènes une source de méditations non moins instructives qu'inépuisables pour l'homme d'état philosophe. C'est là qu'apparaît, dans toute sa splendeur, cette merveilleuse puissance de la poésie antique, couronnant ses interprètes de la triple auréole du devin, du prêtre et du législateur. C'est là aussi que nous voyons la pensée des peuples s'élancer tout-à-coup, exaltée par les accens d'une irrésistible harmonie; des langes grossiers de la vie sauvage jusqu'à la police régulière d'une civilisation avancée. Et, comme si Dieu lui-même eût voulu manifester aux hommes l'identité nécessaire du vrai génie des poètes avec l'inspiration religieuse, le travail civilisateur des Linus et des Orphée coïncide avec l'époque fameuse où le prophète législateur des Hébreux les arrache à la tyrannie barbare des Pharaons.

Si de ces dates reculées où l'homme, livré aux voix intérieures de sa conscience que n'a point encore dépravée les leçons d'une sagesse mensongère, s'élève sans effort jusqu'aux plus hautes vérités de la religion et de la philosophie, nous abaissons nos regards sur la société complexe et agitée où l'amour de la patrie, les sentimens de la famille se mêlent, en y participant, à tous les écarts d'une ambition fougueuse, le génie du poète, bien que déchu de sa grandeur originelle, conserve encore, inaltérable et pur, le caractère sacré de sa mission primitive. Obéissant moins aux intuitions de sa pensée, mais toujours prophétique dans ses images, il guide l'homme et fortifie son courage, au milieu des péripéties de son aventureuse existence. Homère, Tyrtée, Pindare, etc., etc., correspondent magnifiquement à cette face héroïque de la civilisation grecque; tandis qu'Eschyle et Sophocle, trouvant leurs concitoyens aux prises avec la double agitation de la guerre extérieure et des luttes intestines, les initient progressivement, dans leurs drames sublimes, à cette science profonde de la vie qui prépare l'homme moral à supporter sans faiblir les coups imprévus de l'inexorable destinée.

Cette influence continue des poètes, d'abord toute puissante et sans réciprocité, du côté des peuples enfans, pieusement inclinés devant la souveraine illumination du génie, puis respective du poète sur les masses et des masses sur le poète, se pénétrant et s'inspirant tour-à-tour, au foyer de l'humanité grandissante, ne s'arrête à nos yeux qu'à l'époque où la société, déçue dans ses illusions belliqueuses et violemment refoulée sur elle-même, livre aux regards de la multitude les plaies jusque-là voilées de son organisation défectueuse. Alors surgit au milieu d'elle ce lynx scrutateur à la physionomie mobile, aux cent yeux implacables, issu des flancs taris de la grande poésie dégénérée, pour déchirer tous les masques et jeter en pâture à la risée du vulgaire les oripeaux surannés des institutions expirantes. Ceux (1) qui posent Aristophane et ses continuateurs comme les vrais soutiens de la démocratie d'Athènes et les partisans dévoués des anciens usages, parce que le premier livre imprudemment dans sa comédie des Nuées, des armes terribles aux infâmes accusateurs de Socrate, ne font qu'écrire sciemment pour égarer la raison publique, une page mensongère de

(1) Aristophane et Socrate (*Revue des Deux-Mondes*, juillet 1845).

plus, digne de figurer avec le démon (1) du philosophe, parmi les
monceaux d'érudition contradictoire, incessamment entassés dans les
revues du jour. Outre qu'ils méconnaissent ici le caractère essentiel de
la poésie comique, il suffit de parcourir une seule pièce du spirituel
écrivain pour y surprendre aussitôt, avec la rare énergie de ses facultés
dissolvantes, l'universalité de son inflexible moquerie. Dieux, minis-
tres, magistrats, tribunaux, suffrages, femmes, vieillards, enfans,
riches, pauvres, etc., etc., chacun doit porter au front la tache ridicule d'une institution vieillie. Enfin pour couronner cette œuvre de
démolition générale, la grave Melpomène, la gardienne majestueuse
des traditions populaires, entend du haut de son trône auguste, la
foule enivrée d'orgie saluer avec des éclats de rire la chute irrévocable
de son grand théâtre. Du jour où le poète Aristophane évoqua du
royaume des ombres pour les traduire sur la scène, devant un grotesque
tribunal, les deux imposantes figures d'Eschyle et de Sophocle, la
société antique ratifia de son suffrage avec la proscription de ses
glorieux souvenirs la sentence de mort de ses institutions politiques.

Et, coïncidence singulière, doublement digne de remarque! pendant qu'Aristophane lance à pleines mains autour de lui les traits
acérés d'une ironie, d'autant plus effrénée, que la loi fondamentale l'y
autorise, le dernier interprète de la tragédie, l'héritier présomptif du
divin Sophocle, vient travailler lui-même, par la langueur énervée de
ses peintures et l'abaissement continu de ses caractères, à la dissolution
de l'édifice dont il croit perpétuer la magnificence. Il est clair, en effet,
pour quiconque cherche autre chose dans le passé qu'un futile canevas
à sa littérature, que le poétique disciple de Socrate, le pathétique
Euripide, tout en attestant par la nature même de ses travaux les
tendances profondément conservatrices de son maître, sapait dans sa
base, avec celui-là même qui parodiait son génie, le pivot jusque-là
respecté des institutions anciennes. En introduisant sur la scène les
plus doux sentimens du cœur, en dévoilant aux regards de la foule les
secrets mystères du Gynécée, il détruisait le prestige de l'austérité
républicaine en même temps que ses héros et ses héroïnes naturali-
saient au sein de la Grèce les mœurs et les coutumes efféminées de
l'Asie. C'était toute une révolution dans les idées sociales.

Euripide qui, par l'élégante familiarité de son style se rapproche,

(1) *Du démon de Socrate*, par M. Lelut. Il y a sur le système de ce livre et
les conséquences barbares qu'il entraîne, un travail bien sérieux à faire. Il
sera fait.

comme il s'en vantait lui-même, du langage usuel de la conversation, comprenait aussi bien qu'Aristophane que l'ancienne république avait fait son temps. Il s'adresse, comme le satirique, aux citoyens de son époque, il prend les hommes tels qu'il les voit; mais plus conséquent avec lui-même, il veut associer, dans les préoccupations de l'homme d'état, les simples affections du cœur et le souci des autres peuples à la passion souveraine qui prédominait exclusivement depuis Miltiade. C'était bien là le but suprême de la philosophie de Socrate. Mais il arrivait aussi, par le fait même de la tentative, que cette société raffinée, qui n'avait su trouver en s'étudiant d'autre but à son activité inquiète que les luttes de la place publique et la conquête extérieure, s'abandonnait en acceptant les enseignemens du poète, aux séductions d'un scepticisme qui se métamorphosait en incrédulité absolue devant l'insolente comédie d'Aristophane.

Dès-lors la civilisation fut complétement arrêtée dans sa phase ascendante. Les chants bachiques des brillans débauchés de l'Ionie, les inspirations amollissantes de la poésie Lesbienne, jusque-là reléguées parmi les corrupteurs peu nombreux de la philosophie d'Epicure, envahissent tous les rangs d'une société, perdant avec ses croyances populaires le seul contrepoids qu'elle pût opposer encore aux sollicitations d'une terre qui ne semblait avoir été créée que pour devenir le séjour éternel de l'insouciance et des plaisirs. A cette poésie purement sensuelle ou voluptueusement passionnée, à ces rapsodies légères, échappées au sein de l'orgie, de l'âme un moment illuminée des adorateurs de la matière, qui ne se doutaient pas à coup sûr qu'une gloire immortelle attendait ces témoignages naïfs de leur mépris pour la gloire; la satire individuelle, éclose de l'égoïsme envieux, développé par Aristophane, vient ajouter la dissolvante amertume de ses poisons. Il était juste que la poésie, qui vit d'enthousiasme, successivement chassée des plus hautes aspirations du cœur, fit jaillir sa dernière étincelle des deux seuls foyers que la corruption, loin de les éteindre, échauffe et agrandit encore : l'amour-propre exclusif et les passions sensuelles.

En face de ces élémens et des mulets, chargés d'or, des rois de Macédoine, que peuvent l'éloquence et la force de quelques grands caractères! Arrêter tout au plus, quelques années encore, la patrie tournée vers le penchant de l'abime, sans autre perspective à lui offrir qu'un triomphe plus complet pour les envahisseurs.

Ce tableau rapide, qui peut déjà nous montrer le but essentiel et la fonction supérieure de la littérature dans le mouvement des sociétés, manquerait de sa moralité la plus saisissante, si nous ne l'achevions par le trait suprême qui en détermine la portée : c'est lorsque Alexandre a conquis la Grèce et l'Asie, c'est lorsqu'il ne reste plus qu'un vain simulacre de la patrie des Homère, des Sophocle et des Démosthènes, qu'un philosophe posthume précepteur du fameux conquérant, va chercher dans ces sources vives de toute philosophie sérieuse, les règles pédantesques qui doivent guider, dans une carrière qui n'est plus, les Homères, les Sophocles et les Démosthènes futurs, dont son élève vient d'anéantir pour jamais, au sein même de sa patrie, la souche antique et généreuse.

Pour qui ne sépare pas ce qu'on ne saurait diviser sans tourner éternellement dans le cercle d'une philosophie puérile, c'est un spectacle étrange et digne de pitié que cette occupation d'un penseur se bornant, après les Pythagore et les Socrate, à retirer de toutes pièces, d'un passé couché dans la tombe, les moules qui doivent servir à façonner les constitutions et les arts des sociétés à venir, comme si chaque phase parcourue n'apportait pas son enseignement aux générations suivantes ; et comme s'il était permis d'envisager spéculativement, en dehors des circonstances qui les ont vus naître, se développer et mourir, les faits sociaux qu'on a la déraison de formuler en théories absolues, au lieu d'y chercher les fortes assises d'une science large et vraiment féconde. Orphée, Linus, Homère, Hésiode, Eschyle, Sophocle, Pindare, Euripide, Aristophane, Archiloque, Anacréon, Démosthènes, sont des types symboliques, résumant, dans la mobilité complexe de leurs physionomies, toutes les variétés de passions, de sentimens et de tendances qui remplissent cette magnifique période de la civilisation grecque, si jeune et si vigoureuse ; tandis que les Agamemnon, les Miltiade, les Thémistocle et les Périclès, résument au plus haut degré le génie politique qui embrasse, comprend et s'assimile la portion de ces élémens divers correspondante à leur époque, pour la régir et en régulariser l'essor.

Ce phénomène révélateur, à chaque grande époque de l'histoire d'une organisation puissante et compréhensive, incarnant en elle, au sommet de la hiérarchie politique, avec le principe qui les vivifie, les instincts supérieurs des masses était déjà si manifeste au temps d'Aristote, que le précepteur d'Alexandre ne put, sans la plus inconcevable méprise, encourager dans son élève le fol entraînement qu'il n'a cessé de montrer pour les expéditions aventureuses ; et, lorsque

2.

l'on réfléchit que le philosophe travaillait alors à réunir les matériaux d'une histoire naturelle, on est bien près de soupçonner qu'il trouvait le compte de sa propre gloire dans ces invasions insensées qui lui ouvraient, sans danger pour sa personne, les contrées inconnues dont il étudiait les règnes. L'intelligence du vainqueur de l'Asie était si vive et si pénétrante; cette âme de feu, qui voulait remplir l'univers entier des monumens de son génie, avait tant de grandeur réelle dans ses aspirations, qu'on se sent ému d'une compassion mêlée de surprise en contemplant les inutiles ravages et les extravagances sans nombre qui marquent d'une tache ineffaçable la courte existence de ce conquérant magnanime. A quoi sert donc la philosophie, si sa première fonction n'est pas de développer les grands caractères dans le sens des vraies destinées du monde ! Les prodiges de la civilisation grecque ne parlaient-ils pas assez haut pour que le rôle de son futur arbitre ne se trouvât d'avance tracé par ses prédécesseurs ; et le généralissime de la Grèce n'était-il pas digne de comprendre que les élémens qui avaient réalisé tant de merveilles n'étaient pas destinés à déchoir et à s'absorber obscurément dans les proportions démesurées d'un empire barbare !... L'idée d'établir le siége de sa puissance au centre même des populations inférieures qu'une poignée de Grecs n'aurait alors subjuguées que pour voir leur patrie tomber au rang de simple province, sera toujours, quoi qu'on ait pu dire, le témoignage accusateur d'une présomption ignorante. La littérature et les arts, fruits tardifs de la raison perfectionnée, ne se naturalisent pas, sur une terre étrangère, au gré d'une volonté despotique; et l'adoption par Alexandre des mœurs et du costume des Perses, en révélant la rétrogradation de sa pensée, démontre seule que son amour passionné de la gloire manquait totalement du principe élevé qui pouvait en faire excuser les écarts. Plus l'ambition du roi de Macédoine était compréhensive, plus son ardent esprit s'élançait avec enthousiasme au-delà des barrières étroites que les préjugés et la barbarie opposaient de toutes parts à la fusion des peuples, plus il devait respecter cette loi fondamentale de la hiérarchie qui justifiait sa prééminence personnelle en légitimant ses conquêtes. Or, la Grèce, patrie des arts et de la civilisation, était pour long-temps encore la métropole naturelle d'un empire fondé pour civiliser la terre ; et le conquérant qui n'a su voir dans la cité qu'avait gouvernée Périclès, que la trompette adulatrice des folles témérités de son courage, s'est rangé de lui-même parmi cette tourbe d'aventuriers couronnés dont les desseins ambitieux ont pour limites

la durée d'une existence et pour but final un vain retentissement dans
la postérité. C'est bien la peine pour si peu de chose d'accumuler sur
son passage tant de ruines et tant de cadavres ! !....

Mais ces ruines et ces cadavres, qui loin d'avoir eu la fécondité du
sang des martyrs, n'ont servi qu'à susciter aux nations pendant une
longue suite de siècles de nouveaux et plus farouches ravageurs, re-
tombent à la charge de cette philosophie rétrospective qui ne sait
voir, dans les révolutions sociales, que les effets et jamais les causes,
et dans les littératures immortelles que ces causes profondément étu-
diées ont fait naître, que les images embellies d'institutions qui doivent
régir éternellement l'humanité !......

Du jour où le précepteur d'Alexandre eut promulgué, comme règle
émanée d'un principe antérieur à toutes les lois, sa triple théorie connue sous les noms vulgaires de *poétique*, de *politique* et de *rhétorique*,
l'intelligence de l'homme, comprimée dans un réseau de fer, d'autant
plus difficile à briser que la société marchait alors à sa décadence, se
trouve fatalement condamnée à tourner jusqu'à lassitude dans un
cercle perpétuel de déceptions et de misères. Hommes d'état, poètes,
philosophes, viendront courber humblement la tête sous le joug
inflexible du tyran législateur, et les plus vigoureuses natures verront
plus d'une fois avorter leur génie au contact empoisonné de ses enseignemens (1) ; mais telle est, sur l'esprit des peuples, la toute-puissance
d'une doctrine erronée, quand la magie d'une forme concise prête à
ses conclusions l'apparence des axiomes qu'Aristote, proclamé le
dieu des écoles, survit pendant plus de quarante siècles à tous les bou-
leversemens sociaux qu'il enfante.

III

Nous avons insisté sur cette période mémorable de la civilisation
grecque parce qu'elle nous offre le double phénomène d'un conquérant et d'un philosophe, soumettant au despotisme de leur génie personnel, l'un le monde politique, l'autre le monde de l'intelligence ; et
que cette usurpation étrange qui divise en deux parts distinctes la
synthèse indissoluble de la passion et de la pensée, de la cause et de
l'effet, est l'origine funeste de cette confusion universelle où s'engen-

(1) Les principes surannés du despotisme et de la démagogie pure se
trouvent également consacrés dans les écrits d'Aristote.

drèrent, au sein d'une nuit profonde, dans la sphère politique, tant d'effroyables révolutions, et dans la sphère des idées pures, ces luttes sans issue, tour-à-tour ridicules et sanglantes, qui agitent l'humanité jusqu'à la fin du XVIIe siècle. Ce peuple romain qui s'avance comme un seul homme à l'envahissement de la terre; ce moyen âge, barbare, anarchique et disputeur, qui semble vouloir étouffer l'immortelle foi du christianisme, sous la triple étreinte de ses barons, de sa Sorbonne et de ses couvens, sont les disciples convaincus du fils d'Olympias et du philosophe de Stagyre. Et si nous avons vu de nos jours un conquérant, non moins enivré qu'Alexandre, remonter comme lui le cours des siècles et des idées, pour asseoir comme lui, sur les ruines des grandes traditions, les bases d'un empire, non moins inconséquent et non moins éphémère, c'est encore une influence de cet enseignement fatal qui, sans égards pour les besoins élevés des peuples, substitue la force brutale et la fourberie à l'art souverain du gouvernement des hommes. Tout se suit et s'enchaine dans la série des événemens qui se produisent sous la tutelle d'un principe imposteur.

Une particularité qu'il ne faut jamais perdre de vue, parce qu'elle n'est jamais l'effet du hasard et qu'elle est en outre le signe suprême de l'infériorité sociale ou de la rétrogradation, c'est l'absence complète ou l'insignifiance des productions littéraires depuis la conquête de la Perse jusqu'au règne d'Auguste, et depuis la mort de cet empereur jusqu'aux siècles de Léon X et de Louis XIV. Les causes générales qui, malgré le joug des erremens suivis, suscitent au milieu des nations éblouies, ces magnifiques jets de lumière, après de si longues ténèbres, ne sont qu'une nouvelle et plus imposante consécration du principe supérieur dont nous suivons les conséquences.

Lorsqu'un peuple, énergiquement organisé dans sa constitution politique, est tout-à-fait dépourvu de littérature, ou si, en ayant une, il n'engendre que des œuvres sans inspiration et sans portée, prononçons hardiment que l'activité de ce peuple est mutilée dans son existence morale, et quelles que soient la force et la durée de ses monumens ne cherchons pas dans leurs débris les lois éternelles du vrai progrès des sociétés. Cette conclusion sera plus inévitable encore si ce peuple vit à côté d'une civilisation savante ou lui succède après l'avoir vaincue, dans le gouvernement des affaires du monde. La chute des lettres à partir d'Alexandre qui, par un phénomène remarquable, ne sut inspirer autour de lui que la statuaire et la peinture, la renaissance simultanée, sous Auguste, de toutes les brillantes inventions de la

Grèce ; enfin leur rapide et si complète décadence après la mort de ce prince, pour reparaître, sous Léon X et Louis XIV, moins imposantes par l'éclat de la forme et la vérité des peintures, mais plus complexes et plus étendues par la profondeur et l'élévation de la pensée, sont autant d'énigmes transparentes dont l'explication régulière rejette bien loin de nous les dissertations surannées qui chargent les feuillets de certaines revues périodiques.

La rétrogradation de la pensée, sous le conquérant Alexandre, ne saurait être douteuse que pour les hommes qui mesurent le progrès d'un peuple sur le nombre de ses faits d'armes et l'étendue de son territoire, et qui ne trouvent pour caractériser les *gens de lettres* qu'une épithète analogue à celle qu'appliquaient jadis aux bourgeois de la France, les soldats et les généraux fanfarons de l'empire. Ceux-là ne comprendront jamais que la petite république d'Athènes, dont la surface n'égalait pas en étendue le moindre de nos quatre-vingt-six départemens, ait créé plus de matériaux en quelques années pour le grand avenir de l'humanité, sous la ferme et savante administration de Périclès, qu'Alexandre, Charlemagne et Napoléon réunis n'ont légué de traditions utiles à leurs successeurs, pour la simple organisation du pouvoir matériel. Ces traditions existaient avant eux ; elles rayonnent depuis trois mille ans dans tous les vrais chef-d'œuvre littéraires, et leur concentration intuitive, dans la tête de ces trois fameux conquérans, n'est qu'un frappant témoignage de plus, mais dans une sphère inférieure, de l'identité absolue des conceptions du génie ; tandis que les créations sublimes où l'humanité respire et se meut tout entière, immenses et prophétiques miroirs qui reflètent ses passions et ses besoins éternels, n'ont pu germer et grandir qu'à l'ombre d'une liberté fière, appuyée sur un puissant principe, et maintenue dans ses justes bornes par une main savante et vigoureuse. Où sont les œuvres sérieuses, inspirées au génie des poètes par ces superbes vainqueurs ! et pourquoi leurs faits retentissans n'ont-ils jamais fait éclore, nous ne dirons pas une épopée, mais une tragédie vraiment attachante ! c'est que l'égoïsme individuel, sans direction supérieure et sans avenir, est l'unique base de ces monstrueuses dictatures ; et que l'âme du vrai poète, lyre délicate et sacrée où viennent vibrer tour-à-tour les plus simples et les plus grandes aspirations du cœur, s'éloigne instinctivement d'une atmosphère où le cœur est serré sous une étreinte étouffante. Mais la statuaire et la peinture trouveront encore ici des sujets d'inspiration sublime, parce que moins compréhensifs que le poète et surtout moins accusateurs, le peintre et le statuaire puisent dans l'agitation des peuples et les grands chocs d'armées, où la nature humaine se montre à-la-fois sous ses aspects les plus émouvans et les plus divers, un aliment continuel à l'activité de leur génie. Leurs chefs-d'œuvre magnifiquement récompensés sont la consécration adulatrice des hauts faits qui les inspirent (1).

Les arts d'une civilisation à une époque donnée sont toujours la mesure de sa virtualité. Or, les hautes aspirations de l'âme étant de leur nature les plus expansives, toute phase sociale, où ces forces divines ne se traduisent pas sous les formes animées de la poésie, ne comptera jamais dans le travail progressif de la pensée. De ce point de vue, qui est le vrai, Rome jusqu'au règne d'Auguste, pas plus que la corporation des Spartiates et l'établissement guerrier d'Alexandre, ne méritent l'admiration réfléchie, encore moins la reconnaissance de la postérité. Le moyen âge, sans sa merveilleuse architecture et l'époque savante de Léon X, si péniblement enfantées, au milieu de l'affreuse anarchie qui paralysait la pensée chrétienne, n'eût pas excité de nos jours cette curiosité méditative qui nous sollicite à soulever, par instans, le voile funèbre dont ses débris sont couverts. Ainsi observée, la civilisation générale du monde, affranchie du vêtement grotesque et bigarré dont les érudits se plaisent à charger ses épaules, se dresse devant nous, fière et majestueuse, dans toute la simplicité de sa beauté primitive, mais environnée du cortége puissant qu'elle recueillit, à travers les siècles, dans les étonnantes péripéties de son évolution capricieuse (2). Ce que peut dans cette agitation dramatique la force, la persévérance et le génie d'un seul homme, se dessine à nos regards d'une manière si nette et si lumineuse que, le point de départ et le but final une fois déterminés, il n'est pas un seul événement grave, dans le cours d'une période donnée, que l'intelligence ne nous semble en mesure de prévoir, de régulariser ou de prévenir. C'est ce qui permet encore d'apprécier avec rectitude la somme et surtout la qualité du génie qui remue l'activité d'un peuple à toutes les époques de son histoire. Si ce génie est conséquent avec les tendances et les besoins intimes de ce peuple, s'il est d'un titre véritablement supérieur, il

(1) Les luttes des armées industrielles seront un jour pour les artistes une source d'inspirations autrement fécondes et saisissantes. Mais le sang n'y ruissellera pas.

(2) M. Guizot a parfaitement décrit ces élémens divers dans son magnifique tableau de la civilisation moderne.

laissera son immortelle empreinte dans une série de chefs-d'œuvre
littéraires, qui seront ses titres de noblesse et sa justification devant le
tribunal de l'avenir. L'avenir ne saurait en exiger d'autres ; et la
Jérusalem délivrée du Tasse, fût-elle la seule inspiration suscitée par
les premières croisades, que cette inspiration serait encore un vivant
témoignage du caractère éminemment politique et social de ces expéditions religieuses. Cela ne veut pas dire, tant s'en faut, que ces guerres
étaient d'une nécessité rigoureuse dans le développement normal du
christianisme et de l'humanité.

Nous le savons maintenant : même aux époques les plus néfastes et
les plus ténébreuses, il suffit d'un but grandiose à l'activité collective
des hommes pour réveiller leur imagination engourdie, et faire jaillir
miraculeusement du chaos social, avec une haute direction politique,
un gouvernement central et une littérature. Ce prodige qui se réalise
au moyen âge et qui, par sa frappante analogie, nous fait comprendre
la subite perfection des idiomes de l'antiquité, outre qu'il jette la plus
vive lumière sur les conditions logiques de la constitution des langues,
tranche péremptoirement la controverse, si souvent renouvelée, sur la
part nécessaire du temps, dans l'élaboration des choses humaines.

Si, comme il est désormais manifeste, tout *progrès continu* résulte essentiellement d'une pensée supérieure et unitaire, sans cesse
agissante, nos élucubrations quotidiennes sur les *lois* du développement
de la société et de la littérature française se trouvent aussitôt rangées
parmi les exercices déclamatoires de nos rhétoriciens de première
année. Il est clair, en effet, que si nos monarques de France ou leurs
conseillers avaient eu au moyen âge cette haute direction des choses,
que Charlemagne, avec un peu moins d'ambition égoïste, eût pu saisir
et concentrer au sein de la France, une langue aussi bien qu'une littérature vigoureuse seraient sorties promptement d'un royaume que la
nature semble avoir pris soin de circonscrire pour réaliser la plus puissante unité. Or, cette direction suprême était à Rome, entre les mains
d'un prince qui, par la volonté même de Charlemagne, dont la sagacité
politique ne brille pas ici, réunissait en lui dans la ville aux gigantesques traditions, le double prestige de la souveraineté temporelle et de
la suprématie religieuse. Ceci nous explique beaucoup mieux que toutes
les recherches de chroniques, cette triple apparition au sein de l'Italie
devenue après Alaric, encore plus barbare que la Gaule méridionale,
d'une langue harmonieuse et savante, d'une vaste unité politique et
religieuse et, comme couronnement indispensable, d'une littérature

immortelle faisant rayonner sur tous les points de l'univers, avec le principe dominateur, les titres éclatans de l'omniarchie papale. Ce n'était pas sans doute ce qu'avait rêvé Charlemagne, lorsqu'il se faisait poser sur la tête la couronne de fer des rois Lombards, aux acclamations d'une multitude criant : « Vie et victoire au grand et *pacifique* empereur des Romains; » mais c'est ce que Napoléon, qui l'a copié sans cesse, eût vraisemblablement essayé de prévenir, en supposant toutefois que cet homme extraordinaire, dont le règne est un long anachronisme, n'eût pas subi plus encore que son prédécesseur, à cette époque reculée, le joug du préjugé dont, MILLE ANS APRÈS, il travaille si follement lui-même à ressusciter la puissance.

Ainsi se trahit et tombe en poussière au creuset d'une exacte analyse, la fausse grandeur des ambitions personnelles, sans racine intelligente dans le passé vivant, ni dans l'avenir du monde!...

Entre les grands siècles d'Auguste, de Léon X et de Louis XIV, et ce que des esprits singulièrement illusionnés appellent de nos jours le *siècle de Napoléon*, il y a toute la distance de la pensée à la matière, des grandes traditions nationales aux calculs égoïstes d'une volonté individuelle; enfin de l'unité grandiose, multiple, compréhensive de la personnalité de tout un peuple à l'unité forte, mais simple et mesquine d'un dictateur couronné, personnifiant violemment dans son organisation toute guerrière, la plus noble, la plus éclairée, la plus complexe et la plus sympathique des nations, pour la lancer en armes, dans un triste intérêt de famille, comme *une cavale furieuse*, sur les peuples qu'elle ne doit grouper autour d'elle que par la puissance attractive de ses institutions et de ses lumières!!...

Il n'est rien peut-être qui démontre, à un plus haut degré, les tendances étourdiment imitatives de l'espèce humaine, ni qui explique mieux le mépris barbare dont la gratifièrent tous les conquérans, que cette manie ridicule qui sollicite même des esprits distingués à considérer, comme sujets d'épopées, des événemens dépourvus de rapports avec les conditions essentielles d'une véritable épopée. En supposant qu'un poète de génie s'avisât de voir la matière d'une apothéose sublime dans la vie de Charlemagne ou de Napoléon, on peut prédire à coup sûr que, sauf le mérite de la forme, et l'emploi du merveilleux fût-il admissible, le poète ne pouvant s'inspirer aux sources éternelles de la grande poésie populaire, avortera misérablement dans l'idée principale et ses combinaisons. L'écueil de Voltaire, dont le génie n'est pas contestable, fut moins encore dans l'impossibilité de concilier le merveilleux avec nos idées modernes que dans le désaccord monstrueux, entre l'importance de son héros, pourtant si populaire, et les vraies destinées d'un peuple dont la Henriade ne sera jamais qu'un épisode imperceptible. Que serait-ce donc s'il s'agissait des conquérans qui compromirent le plus ces destinées ?...

Ces observations déjà très concluantes auront une portée décisive si nous examinons comparativement les rapports de l'idée et de la forme sociale sous Auguste et sous Louis XIV, avec l'idée et la forme des deux magnifiques littératures qui se moulèrent sur ces deux puissantes manifestations de l'unité politique et gouvernementale. Ce qui constitue la grandeur d'Auguste et la légitimité de son pouvoir, c'est beaucoup moins d'avoir introduit l'ordre avec le calme d'une sécurité sans exemple au sein d'un empire, dont les limites étaient celles du monde, que l'intelligence incomparable qu'il déploya pour assurer la durée d'un état de choses dont un passé tout palpitant encore menaçait sans cesse de faire écrouler les fondemens. Mettons Antoine à la place de l'héritier de César, et l'empire romain succombe affaissé sous son poids immense. Le trait caractéristique du génie fondateur d'Auguste est cette idée presque divine qui lui montre le salut d'un édifice, élevé par des républicains grossiers, dans la création d'une littérature nationale qui fit aboutir, par une chaîne continue, les destinées du peuple romain, confondues avec les destinées de sa propre famille, à l'organisation monarchique dont il occupait le degré suprême. C'est pitié d'entendre des littérateurs qui doivent à ce fait souverain leur petit bagage intellectuel protester gravement contre les vues ambitieuses d'Auguste et la flatterie du grand poète, qui leur donna la consécration du génie. Ici, poète et dictateur obéirent à la voix de la ville *éternelle* qui sans eux ouvrait trois siècles plus tôt ses portes à l'irruption des barbares, sans laisser au monde d'autres souvenirs de sa toute-puissance que les trophées de ses ravages et les amphithéâtres de ses jeux farouches.

L'Enéide de Virgile, ainsi que toutes les productions remarquables de cette époque fameuse, outre l'inimitable perfection de la forme, reflète à chaque vers, avec le sentiment de la grandeur romaine, la pensée profonde qui anime les ressorts du vaste empire et fait circuler par toute la terre l'obéissance et le respect pour les ordres du prince et du sénat, exécuteurs souverains de la volonté des dieux. Ce que cette poésie sublime imposa de résignation aux provinces et de discipline aux armées, est attesté par les honneurs presque divins que l'on rendit de toutes parts à la mémoire du poëte, dont chaque vers était respecté comme un décret du destin ; et ce qui justifie sa gloire si pure, en nous révélant toute la richesse de sa merveilleuse organisation, c'est cette prédominance, inouïe dans une société qui s'était développée par le carnage, de la plus vraie et de la plus exquise sensibilité, venant sans cesse adoucir l'apothéose obligée de la dévastation et des batailles. Le pieux Énée, dont se moque si souvent encore une critique irréfléchie, est le symbole de la providence antique, livrant en gémissant le glaive des combats aux mains de la nation prédestinée pour organiser par la force le gouvernement de la terre, et reparaissant après l'achèvement de l'œuvre, dans la personne de César Auguste, avec les insignes consolateurs et DU TRAVAIL PACIFIQUE ET DE LA CONCORDE UNIVERSELLE.

Si cette conception poétique est loin d'offrir les solides bases de la haute et vraie philosophie sociale, qui peut contester sa grandeur imposante et surtout son parfait rapport avec les idées, les mœurs et les institutions des Romains !...

Il n'est pas sans à propos de remarquer ici que cette donnée se trouve être, sauf l'inversion des termes et leur portée, identiquement le principe qui sert de base au discours de Bossuet sur les conclusions de l'histoire. Tant il est vrai que tous les grands génies de l'humanité, quels que soient la différence des temps et le mobile actuel de leurs inspirations, sont en identité positive de sentimens et de tendances vers un principe absolu d'unité sociale et de centralisation universelle !!

Et, comme rien n'est à négliger dans l'existence des hommes supérieurs, ne craignons pas d'observer encore que la mort de Virgile, du chantre mélancolique de la conquête guerrière, dont les sentimens sont déjà chrétiens, coïncide avec la naissance de Jésus de Nazareth, rédempteur de tous les hommes et fondateur de la religion chrétienne !!

Ce siècle d'Auguste, si brillant, mais si vite épuisé, dans sa fécondité poétique, nous montre avec éclat, si nous le comparons à celui d'Alexandre, la conformité profonde et par suite, l'inévitable simultanéité du vrai génie politique et du vrai génie littéraire. Des deux hommes, venus pour clore les destinées de deux civilisations essentiellement contraires, l'un, le conquérant macédonien, tristement secondé par son précepteur Aristote, après avoir pris à tâche de refouler et d'anéantir dans les excès d'une personnalité folle, les tendances si belles et si expansives de la sociabilité grecque, meurt en livrant son empire éphémère à toutes les convulsions d'une sanglante agonie ;

l'autre, le dictateur romain, merveilleusement servi par le génie de deux poëtes, interprètes inspirés de cette philosophie vivante, réduite à l'état de momie dans les écrits d'Aristote, naturalisé dans la Rome républicaine et farouche, avec l'heureuse mobilité du génie grec, le principe le plus fort et le plus compréhensif de l'unité gouvernementale, et peut transmettre à ses descendans, après un règne long et paisible, l'autorité d'où dépend la sécurité de l'univers.

Rapprocher les deux points de départ et les deux résultats, c'est assigner à chacun sa place dans l'enfantement laborieux de la civilisation du monde, et préciser par avance la portée de l'œuvre essayée de nos jours par un moderne Alexandre.

IV.

Ce que nous n'avons cessé de voir dans le mouvant tableau qui se déroule à nos regards, cette haute et souveraine intervention de la littérature dans le gouvernement des peuples se montre à nous plus complexe et plus saisissante encore dans cette magnifique période du xviiᵉ siècle, si justement appelé le siècle de Louis XIV. C'est là que brille dans sa régulière et toute puissante harmonie, ce triple accord, jusque-là si peu stable et si fugitif, du génie politique, religieux et littéraire, fonctionnant au sein d'une monarchie de douze siècles sous le patronage d'une royauté, qui puise dans la force de son principe la conformité de ses tendances avec les grands instincts populaires. En face de nos petits débats sur la réforme électorale et l'indemnité Pritchard, c'est un spectacle bien humiliant pour la raison moderne que celui des grands desseins qui passionnaient les âmes alors que le pays tout entier s'agitait encore dans les préjugés des époques barbares ; et, lorsque nous voyons au sein d'une société, à peine affranchie de l'oppression féodale, un seul ministre préparer et un seul monarque achever, par la spontanéité de leur génie, la réfutation sans réplique d'une proposition aussi vieille que ridiculement fameuse, on est en droit de se demander ce que se proposent les hommes qui veulent réinstaller, de nos jours, la plus oligarchique des maximes dans les hautes régions du pouvoir. Outre l'accroissement sans cesse apporté dans la science gouvernementale par les leçons de l'expérience, les mille voix, toujours agissantes, d'une publicité dont le secours manquait à Louis XIV, ouvrent tant d'issues aux capacités réelles, pour se mettre en évidence et imposer leurs idées, que toutes les clameurs des partis sur l'exagération de la prérogative royale, trahiront toujours à des yeux exercés leur radicale impuissance devant les sérieux problèmes de notre époque.

Le plus noble et le plus élevé de ces problèmes, celui dont la solution éclaire tous les autres, sans exciter de polémique irritante, parce qu'il est le seul qui, en raison de sa spécialité tout intellectuelle, se trouve placé dans une sphère inaccessible aux intérêts du jour, s'est posé devant le génie de l'homme depuis le moment solennel où le religieux mouvement de 89 vint découvrir à la pensée littéraire les plus limpides et les plus beaux horizons. Si, par une chute étrange, l'intelligence contemporaine abandonna ces horizons pour exhumer de leur tombe les plus vieux usages de la démagogie romaine, tous les problèmes qu'elle a voulu résoudre ont pris, par l'effet de ces moyens mêmes, des proportions si redoutables qu'elle se sent aujourd'hui forcément réveillée de sa léthargie. Or, le problème littéraire, laissé de côté comme inutile, est à la tête de tous les autres ; et sa nature toute pacifique justifie si peu les *restrictions*, qu'on est surpris de voir, en plein xix siècle, des professeurs officiels, chargés de calmer, dans les jeunes têtes, la pensée révolutionnaire, s'abriter, *pour y parvenir*, sous le bouclier suspect du philosophe-protée qui fut le précepteur d'Alexandre. Est-il donc besoin de courir si loin pour trouver avec le fil des vraies traditions le principe rénovateur qui doit féconder l'avenir ? Et Corneille, Molière, Quinault, Racine, etc., etc., représentans glorieux de la monarchie du grand roi, n'ont-ils rien autre chose à nous montrer que la perfection continue de leurs vers et la vérité frappante de leurs combinaisons dramatiques ? Cette perfection continue de style, cette vérité singulière dans la peinture des sentimens, n'eussent jamais été trouvées par le génie de ces poètes, quelle qu'ait été leur prescience intuitive, si la société du xvii siècle ne leur en eût offert les vivantes images ; et cette société elle-même n'eût pas réalisé le phénomène de la plus haute et de la plus libre philosophie spéculative et pratique, alliée au sentiment profond de l'ordre et à l'expansion brillante de la sociabilité la plus complexe et la plus raffinée, si le grand roi n'en eût protégé le développement, sous la sauvegarde du principe dont il était la personnification imposante.

La dégradation progressive de la pensée artistique et littéraire, après les Périclès, les Auguste et les Léon X, n'eut pas pour cause essentielle, ainsi qu'on le répète chaque jour encore, la rareté des génies, encore moins l'épuisement des sujets d'inspiration, mais l'abaissement subit des caractères et de l'énergie intellectuelle, après

la disparition des grands hommes qui personnifiaient glorieusement à
la face du monde le principe social dont ils étaient les représentans. Si
le même phénomène ne se produisit qu'en partie, après l'affaissement
de Louis XIV; si même, sous son inintelligent successeur, une activité
nouvelle et plus féconde encore, bien que le sentiment de la beauté
pure eût subi des altérations sensibles, fait surgir de toutes parts une
foule d'écrivains, poètes, philosophes, etc., qui joignent la profondeur de la pensée à l'originalité de la forme, cette particularité sans
exemple, dans les fastes du monde, est aussi la démonstration la plus
éclatante du principe méconnu par M. Saint-Marc Girardin. Héritier
glorieux des siècles de Périclès, d'Auguste et de Léon X, le siècle de
Louis XIV résumant dans ses chefs-d'œuvre tous les souvenirs sociaux et littéraires de ces trois grandes époques, réunis aux inspirations
personnelles de la sociabilité la plus vaste et la plus compréhensive
qui pût se développer au sein d'une monarchie douze fois séculaire,
sous la tutelle énergique de la plus puissante unité gouvernementale,
se trouve être ainsi le centre universel où viennent converger tous les
rayons émanés, pendant trois mille ans de l'activité politique, religieuse et littéraire de l'humanité. Une fois parvenue à ce degré suprême la littérature d'un peuple est un foyer qui ne peut plus s'é-
teindre; le caractère personnel des gouvernans, les révolutions irré-
fléchies neutraliseront parfois peut-être, mais ne détruiront jamais les
immortelles vérités dont elle est dépositaire.

C'est de ce flambeau dont la lumière éblouissante ouvrait à la
pensée mille routes inconnues que jaillit le prophétique rayon qui remua
le XVIIIe siècle et soutint, à travers ses nombreux écarts, le culte du
beau idéal, dans le génie prodigieux qui personnifiait à-la-fois le passé
littéraire de la France, son présent philosophique et son avenir chargé
de ténèbres. Ce passé littéraire répondait trop vivement aux instincts
supérieurs de l'intelligence, pour que l'élite de la société railleuse du
XVIIIe siècle en même temps qu'elle y cherchait les modèles de l'art
qu'elle appliquait au renversement du vieil édifice, ne vit pas toujours
dans la pensée qui animait ces chefs-d'œuvre la vraie boussole des
destinées sociales qui devaient sortir de son agitation laborieuse. Dans
les élémens, légués au monde par une grande époque littéraire, il y a
deux parts que la génération suivante ne peut jamais confondre.
L'une, essentiellement contemporaine du temps qui la fit naître, reflète
les idées, les mœurs et les préoccupations de la société passée ; l'autre,
interprète fidèle des sentimens généraux et des hautes aspirations du

cœur, survit à tous les changemens sociaux enfantés par la force des choses, parce qu'elle est un miroir universel où l'humanité tout entière peut contempler son image. De ces derniers élémens, si magnifiquement représentés dans la littérature du xviie siècle, non-seulement le xviiie n'avait rien à répudier, mais il lui donnait, dans son enthousiasme de philanthropie, pour l'émancipation générale des hommes, une portée qu'on entrevoyait à peine sous le gouvernement de Louis XIV. De là ce respect de la langue et des bons écrivains du grand siècle, au milieu même des écarts les plus désordonnés de la pensée ; de là aussi ces regrets tardifs de Voltaire, déplorant sur le bord de sa tombe la popularité que lui devait un poète aujourd'hui déifié, le dramaturge anglais Shakspeare.

Cette contradiction surprenante entre le but avoué de la philosophie du xviiie siècle et les terreurs littéraires de son patriarche qui proteste, avant de mourir, contre l'*invasion des barbares*, est la double preuve des témérités réformatrices de cette époque et du lien indissoluble qui rattache les saines traditions sociales aux saines traditions littéraires. Si Voltaire et les encyclopédistes avaient sérieusement étudié les littératures de cette antiquité dont ils ressuscitaient étourdiment les démagogies surannées, ils auraient découvert, dans le genre de poésie qui est la plus haute expression connue d'une civilisation régulière et savante, le vrai secret de cette perfection absolue que le premier admirait si passionnément dans Racine. Ils en auraient conclu peut-être que si Sophocle et Racine, l'un au sein d'une démocratie pure, l'autre au sein d'une monarchie absolue, avaient, à deux mille ans d'intervalle, basé leurs admirables poèmes sur les mêmes principes supérieurs du gouvernement des sociétés, il fallait de nécessité rigoureuse que ces principes, sanctionnés par le consentement général, fussent la source de tous les progrès sociaux comme ils étaient la source inépuisable de la vraie beauté dans les arts. Si cette double conséquence fut de si courte durée et s'arrêta, pour ne plus renaître, chez les Grecs, sous les Césars, et dans l'Italie du moyen âge, c'est que la civilisation grecque avorta, comme nous l'avons vu, dans sa course brillante ; que la vraie littérature romaine, simple accident répudié par des institutions farouches, dut mourir subitement au sein d'une société toute matérielle, qui n'avait honoré les grandes vertus qu'en vue de la conquête et de l'exploitation du monde ; enfin que le règne de Léon X ne fut qu'une protestation sublime, mais inévitablement éphémère, du génie de l'humanité échappant, dans un moment d'enthousiasme, aux entraves de fer d'un catholicisme oppresseur (1).

Nous savons déjà comment le xviii° siècle, si bien préparé par le xvii° à réunir deux problèmes qui voulaient être simultanément envisagés, laissa de côté la question littéraire pour se préoccuper exclusivement de la question politique ; et nous pouvons dès-lors pressentir comment, ainsi dégagée des élémens de sociabilité supérieure qui faisaient sa gloire et sa puissance, la civilisation française sera condamnée, par une conséquence naturelle, à tomber, de chute en chute, jusqu'aux erremens les plus barbares de la démagogie romaine. Séduit par ses aspirations généreuses, le xviii° siècle ne sut pas comprendre que le principe monarchique, vaste comme la pensée humaine, se prêtait facilement à toutes les transformations progressives, et que la littérature dramatique, expression des besoins élevés de l'âme, avait autre chose à faire qu'à prêter ses formules au renversement du principe souverain qui lui avait inspiré ses plus beaux chefs-d'œuvre. Cette erreur, source réelle et fatale de nos orgies révolutionnaires, n'avait pas d'autre cause alors que l'ignorance de la hiérarchie positive qui détermine et classe, par degrés divers d'importance, les facultés et les besoins de la nature humaine. Dans ses préoccupations respectables, mais superficielles, le xviii° siècle, frappé d'un état de choses qui distribuait les honneurs et la richesse en raison trop souvent inverse du mérite personnel ; vivement affecté en outre de la règle arbitraire qui présidait au partage des labeurs et des maux de la société, s'imagina qu'il remédierait à cette vicieuse organisation en proscrivant les supériorités et les distinctions sociales qui lui semblaient seules empêcher les hommes de former une famille de frères. De cette fausse conception au dogme de l'égalité absolue des individus et des choses, il n'y avait qu'un petit pas à faire et ce pas fut bientôt franchi ; et de ce *progrès* à celui d'envisager la vie élégante et artistique, comme attentatoire à la dignité du plus grand nombre, l'évolution était plus facile encore. Alors on vit les mêmes hommes qui sentaient avec ivresse les jouissances de la littérature et des beaux-arts ; qui puisaient dans la délicatesse exquise de leurs facultés, perfectionnées par une éducation savante, avec le sentiment de leur supériorité personnelle, la pitié généreuse pour la dégradation physique et morale de leurs semblables, croire de bonne foi, par une

(1) Il s'agit ici du moyen âge.

hallucination étrange , que le problème à résoudre était non d'élever graduellement les masses jusqu'à eux ; mais de descendre et de faire descendre leurs pareils jusqu'à l'abjection et à l'ignorance des masses. Il faut convenir que si le premier problème présentait des difficultés sérieuses et réclamait de vastes études , fécondées par un dévoûment pratique, la solution de l'autre pouvait s'opérer avec la rapidité prestigieuse d'une décoration d'opéra. Il ne faut donc pas s'étonner qu'à cette époque de fièvre impatiente la dernière solution ait été choisie.

Mais si fugitive qu'ait été l'illusion , une société tout entière ne tombe pas impunément des hauteurs divines où l'avait élevée l'héritage accumulé des quatre grands siècles de l'humanité , jusqu'au degré le plus inférieur des démocraties anciennes. Les mots *patrie*, *liberté*, prononcés à propos , ont sans doute un grand pouvoir sur la masse d'une nation vigoureuse ; ils la font lever en armes, comme un seul homme, et peuvent réaliser des miracles de dévoûment sublime et de vertu guerrière. Les effets seront plus prodigieux encore , si l'enthousiasme national est grandi par la croyance individuelle et collective que la patrie pour laquelle on combat est l'espérance des autres peuples et porte en son sein les destinées du monde. Mais cette élévation morale, issue de la crise passagère qui la provoque et l'alimente, devra naturellement s'affaisser après la disparition du péril ; et, ce qui est plus funeste encore, se changer en fureur inutilement et injustement destructive, si le sens complexe des mots inscrits sur l'étendard de la nation ne s'est pas traduit d'abord en un positif et fécond système, dans l'intelligence de ses législateurs.

On a dit , par une de ces mille absurdités qui se formulent aux époques de nullité sociale et de décadence littéraire, qu'Eschyle avait peint les hommes *plus grands qu'ils ne purent être* ; Sophocle, *tels qu'ils devraient être* , Euripide *tels qu'ils sont*. Ces trois poètes , représentans exacts des trois principales phases d'une civilisation à-la-fois belliqueuse et largement progressive, ont peint, dans leurs drames consacrés à la peinture des grandes passions, LES CHEFS des peuples, tels qu'ils les ont vus et qu'ils devaient être aux diverses époques qu'ils avaient mission de guider et d'instruire. Un peuple qui combat pour son indépendance, s'il est doué d'une haute virtualité morale, produira des types égaux en force et en grandeur d'âme à l'immensité du péril qui menacera sa patrie. Cette force et cette grandeur d'âme s'équilibreront par une concentration raisonnée, si le peuple joint au sentiment justifié de sa supériorité guerrière et au culte passionné des travaux de l'esprit, des tendances agressives envers les nationalités voisines ; enfin il s'affaissera sur lui-même et cherchera des émotions plus douces, si des catastrophes successives viennent refouler son ambitieuse ardeur en dissipant ses plus enivrantes illusions. Tels ont dû être les Athéniens sous ces trois phases mémorables, tels les ont peints les trois poètes chargés de façonner et d'agrandir leurs sentimens.

Mais ces diverses transformations, produits réguliers et inévitables, peut-être, d'une civilisation jeune et tout-à-fait primitive, ne sont plus que de pitoyables anachronismes et des modifications désastreuses si le peuple, ayant parcouru l'échelle complète des passions et des sentimens humains, est arrivé depuis long-temps à la plénitude de sa vie morale et intellectuelle. Or, telle se trouvait être la société française en 89 ; et les mots *patrie*, *liberté*, *indépendance*, synthèses restreintes, mais lumineuses pour les Grecs et parfaitement adaptées à leurs myriades de nationalités égoïstes, devenaient pour la France moderne, cœur et cerveau de l'humanité, des emblèmes d'autant plus féconds en dangereuses méprises que les faiblesses belliqueuses de Louis XIV avaient, comme on l'a si bien dit, fait de la nation entière un vaste camp dont chaque maison était une tente. C'est de ce mélange d'aspirations contradictoires, formulées en termes incompris mais sonores, que jaillirent, comme de source vive, les velléités républicaines de la Gironde, les saturnales démagogiques de 93 et l'ouragan dévastateur qui, sous le nom fastueux d'empire français, couvrit, pendant quinze ans, du prestige éblouissant de la gloire, les monceaux de ruines et de cadavres qui signalèrent son passage.

Il n'était pas possible sans doute que ce retour successif aux illusions grecques et romaines, couronnées par l'organisation militaire dont l'inintelligence ne fut pas même dissimulée, malgré l'apparente poésie d'une activité gigantesque, par une de ces inspirations de poésie brillante qui sont l'écho d'un enthousiasme éphémère, détruisit radicalement, au cœur de la société française, les tendances religieusement progressives qui l'avaient conduite à 89. Ces tendances vivaient toujours ; mais refoulées au fond des âmes par de si effroyables péripéties, elles laissèrent le champ libre aux envahissemens de l'égoisme familial et aux calculs plus étroits encore d'une personnalité retirée jusque dans les limites extrêmes de la sensation pure. La réaction lamentable qui devait suivre, dans la sphère intellectuelle et morale, tant de révolutions imprévues, tant de chutes et de fortunes, non moins éclatantes qu'imméritées, est trop bien justifiée par la logique des faits pour qu'un

3.

observateur réfléchi s'abandonne aux mouvemens stériles d'une indignation déclamatoire. Les germes précieux, légués à l'esprit humain par 89; cet agrandissement rapide en étendue, en élévation, en complexité merveilleuse, d'un horizon social qui, déjà sous Louis XIV, ouvrait à la pensée les plus magnifiques perspectives, une fois métamorphosés en germes de démagogie vulgaire et en idéal de société qui ramenait brusquement la civilisation aux phases les plus ténébreuses de son enfance, il était naturel que l'âme, perdant une à une ses plus belles et ses plus légitimes illusions, tombât de méprise en méprise jusqu'au sauvage instinct d'un *sauve qui peut général*, dont celui de Waterloo, si superficiellement jugé et regretté par des hommes qui se croient des hommes d'état, ne fut que la dernière transformation possible. L'empire, en effet, n'avait-il pas brutalement arraché de l'intelligence et du cœur tous les besoins qui dépassaient l'enceinte grossière d'un égoïsme athée (1)?

La rétrogradation de la sociabilité française sous la république et l'empire est donc un fait indéniable; et les efforts déployés pendant les quinze années de la restauration, d'un côté pour achever d'anéantir, de l'autre pour reconquérir les moins contestables assurément des libertés et des droits promulgués en 89, ne sont, envisagés sous leur vraie face, qu'une lutte énergique entre les anciens et les nouveaux possesseurs de la richesse; attaquant et proscrivant tour-à-tour, dans le champ clos de la publicité, leurs titres respectifs au gouvernement du pays. Cette conclusion pourrait sembler paradoxale si le fracas révolutionnaire qui suivit 1830 n'était pas arrivé, de métamorphose en métamorphose, jusqu'à cette conséquence microscopique, très sérieusement mise à l'ordre du jour par les nouveaux amis de M. Saint-Marc Girardin, d'une royauté réduite au rôle d'un soliveau, proprement emmaillotté par une faction triomphante.

En présence d'un état de choses qui fermerait irrévocablement toute issue aux grandes et nobles aspirations qui font la vie des peuples, si le bon sens public ne s'éclairait chaque jour sous l'influence de cette paix précieuse, devenue, au milieu de la confusion générale, l'unique sauvegarde du progrès universel, quel rôle était dévolu à cette fière littérature que nous avons vue tour-à-tour, sous ses mille formes étincelantes, aux plus belles époques de l'histoire, s'asseoir en souveraine

(1) Les hommes sont des pourceaux qui se repaissent d'or. Je leur jetais l'or à pleines mains pour les conduire où je voulais.

Paroles de Napoléon à Sainte-Hélène (Mémorial).

dans les conseils des rois!... Honnie par les nouveaux maîtres (1), repoussée des comptoirs changés en cabinet d'état, où se décidaient entre une balle de laine et un sac d'écus, les nouvelles destinées de la France et du monde, c'était une puissance déchue qui n'avait plus voix délibérative dans la société contemporaine. Environnés des plus glorieux souvenirs et trop pleins du sentiment de leur valeur personnelle pour tendre humblement la main à la richesse orgueilleuse, les interprètes inspirés de la poésie dramatique, sans étouffer l'étincelle sacrée qui fécondait leur génie, durent suivre instinctivement l'exemple d'une société dont la physionomie mobile et variée était pour eux d'ailleurs une mine inépuisable d'observations et de peintures. De là cette école nouvelle qui, momentanément étouffée sous l'étreinte inintelligente de l'empire, se précipite d'abord, dans le premier enivrement de sa délivrance, sur les sarcophages et les ruines du moyen âge, pour arriver progressivement, à travers toutes les diversités d'innovations théâtrales, jusqu'aux proportions gigantesques et aux enseignemens profonds du roman moderne. De là encore cette exagération infinie d'une personnalité lancée dans un horizon sans limites et puisant, au foyer de l'égoïsme dominateur, les fermens d'une guerre aveugle, mais passagère, contre les principes et la forme des royales littératures du passé; de là enfin, ce mercantilisme effréné qui permet aux ouvriers de la pensée de lutter d'opulence et d'équipages avec les gros industriels et les plus fastueux agioteurs.

Ainsi se sont opérés et se continuent chaque jour encore le divorce apparent et l'accord réel du mouvement social et du mouvement littéraire. C'est toujours, sauf les distances et la spécialité des physionomies, la déification sans bornes du moi personnel, sans cesse exalté dans ses espérances par les péripéties les plus imprévues. D'un côté, dans la sphère étroite de la famille bourgeoise et des intérêts matériels, cette déification exclusive, peu différente de ce qu'elle fut jadis, mais affranchie du noble contrepoids des aspirations religieuses etc., qui ne se décrètent pas par ordonnance, inocule incessamment la soif de l'or et des honneurs lucratifs, et pousse les hommes dans le torrent sans rivage des intrigues politiques et des spéculations aventureuses. Plus haut, dans

(1) Ceci s'applique aux faits, non aux hommes. La littérature en général n'a rien à faire dans les comptoirs des industriels et des négocians; et, depuis la chute de l'empire, la vie exclusivement industrielle est bien le fait dominateur de notre époque. Cela n'empêche pas la nation, prise en masse, d'être, au plus haut degré, poétique et littéraire.

le monde supérieur de l'intelligence et des arts, la littérature, cette gardienne antique du feu sacré de l'âme, naguère encore asile respecté des nobles sentimens, aujourd'hui vestale infidèle et souillée, encore toute meurtrie de ses faux pas rénovateurs, ne se relève à la face des peuples que pour montrer, au frontispice de tous ses sanctuaires, cette inscription significative tracée en caractères fort lisibles : boutique à *vendre ou à louer*.

Cette succession progressive des phases nouvelles imposées au mouvement social et littéraire, par les méprises funestes des premiers législateurs de la France moderne, est une conséquence si logique de la situation des choses, que le reproche adressé aux hommes qui subissent simplement la fatalité d'un fait, doit être mis au nombre de ces récriminations injustes suggérées aux partis par la passion du pouvoir. Et pourquoi ne le dirions-nous pas ! Le journal (1) qui le premier ouvrit ses colonnes aux émotions dramatiques du feuilleton-roman, rendit à la société, de plus en plus fourvoyée par ses adulateurs, l'immense service de déplacer ses sympathies, en même temps que la réduction du prix d'abonnement faisait circuler, dans toutes les classes du pays, avec une plus grande somme d'idées, cette sagacité précieuse qui dissipe les fausses illusions de la politique, et conduit les esprits à la justesse et à l'impartialité des jugemens. Mais si cette transformation de la presse quotidienne et de la littérature était favorable à la tranquillité publique, il s'en fallait de beaucoup qu'elle ouvrît une voie réelle aux écrivains inspirés pour créer de nobles chefs-d'œuvre et les offrir périodiquement à la sympathie populaire. Éloignés spéculativement d'une société dont les habitudes *positives*, régularisées par Barème et strictement renfermées dans le cercle matériel des besoins inférieurs, ne proposent aux pinceaux du poète que des actions toutes bourgeoises et des types uniformément vulgaires, les dramaturges et les romanciers, obéissant à l'irrésistible impulsion du génie, cherchèrent de toutes parts, par une préférence intuitive, ces natures exceptionnelles et monstrueuses dont les écarts mêmes et les crimes, empreints parfois d'un caractère de grandeur, présentaient à la Société contemporaine la triple image de sa déchéance, de ses misères et de ses dangers. Bourgeois calculateurs par le côté pratique de leur vie, mais sans cesse entraînés par instinct dans les régions fantastiques d'un idéal que le principe du *chacun pour soi* permet de façonner et de comprendre au gré du plus arbi-

(1) La *Presse*.

traire individualisme, les écrivains trouvèrent dans un tel état de choses ce qu'ils eussent vainement désiré dans une société gouvernée par un grand principe : l'affranchissement le plus absolu des conditions impérieuses de l'art et la certitude positive d'augmenter leur bien-être et de courir à l'opulence en raison directe de la rapidité de leur plume.

Ajoutons à cela leur droit de suzeraineté sans limites sur les mœurs réelles et les mystères de la société industrielle, trop préoccupée de ses affaires et trop enivrée de sa victoire sur l'ancienne noblesse, pour se soucier beaucoup de la vérité des peintures, et nous aurons en esquisse le tableau fidèle de l'ordre social moderne, tel que l'ont métamorphosé les déceptions successives de la république et de l'empire ; et l'idée non moins exacte de la littérature contemporaine telle que l'a transformée l'évolution à-la-fois rétrograde et progressive de la phase morale où nous nous trouvons en ce moment.

V.

Si les diverses considérations que nous avons exposées sont vraies et justifient pleinement le principe supérieur du haut duquel nous les avons émises ; si les esquisses tracées par nous sont bien copiées sur la réalité des choses et prouvent d'une manière péremptoire la corrélation permanente du mouvement social et du mouvement littéraire, la définition de M. Saint-Marc Girardin et le système qui préside à son cours, non-seulement n'atteignent pas le but qu'il se propose, mais doivent concourir en outre, avec d'autant plus d'efficacité que l'influence de ses leçons tombe directement sur une jeunesse malléable, à cette fougue désordonnée qui pousse les hommes et les choses sur la pente dangereuse d'un matérialisme sans avenir. C'est ce qu'un examen rapide nous permettra facilement de démontrer.

Suivant le professeur de la Faculté des lettres, la littérature est tout simplement *l'expression des sentimens généraux du cœur, d'après des opinions, parfaitement indépendantes des mœurs réelles de la société, et qui poussent, les unes à créer le beau, les autres à créer le laid.*

Nous avons déjà vu que cette attitude passive, que ce rôle d'observateur indifférent, donné par le professeur au poète, en face des idées régnantes et de l'agitation contemporaine, est en contradiction manifeste avec les règles positives, constamment suivies, depuis l'origine des lettres, par tous les poètes éminens, à toutes les grandes époques de l'histoire. Nous avons largement démontré que ces règles n'ont été méconnues dans aucune œuvre sérieuse ; que toujours les souvenirs du passé s'y trouvent mêlés aux préocupations du présent et aux pressentimens de l'avenir ; nous avons indiqué cette inéluctable coïncidence depuis Orphée, Linus, Homère, Pindare, Eschyle, Sophocle, Euripide, Aristophane, Virgile, etc., pour l'antiquité grecque et romaine ; et depuis le Tasse, Dante, etc., Corneille, Molière, Racine, Quinault etc., Voltaire, pour le moyen âge, le xviie et le xviiie siècles, jusqu'aux représentans actuels de la littérature moderne, peintres émancipés de l'égoisme individuel, sans but supérieur et sans contrepoids. Nous avons remarqué, et cette remarque est la vraie boussole de l'intelligence, que chaque grande œuvre et chaque grand poète qui l'a réalisée, correspondent toujours par la simultanéité de leur existence avec le règne d'un homme d'état éminent, personnage cumulatif, dont la physionomie complexe et profonde se reflète dans toutes les inspirations de la période littéraire dont elle s'assimile et régularise le mouvement. Ainsi Agamemnon, Achille, Miltiade, Léonidas, Thémistocle, Périclès, Auguste, Léon X, Richelieu (Condé, Turenne), Louis XIV, le Régent, Catherine II et le grand Frédéric sont les types symboliques qui caractérisent de leur immortelle empreinte les principales productions littéraires que nous possédons depuis Homère jusqu'à la fin du xviiie siècle ; et la diversité des tendances personnelles, manifestées par ces éminens personnages s'accordent parfaitement avec la variété des idées et des sentimens qui se fondent et s'harmonisent dans la conception fondamentale de l'œuvre.

L'apparition permanente de ce double phénomène était d'une part si facile à découvrir ; et, d'une autre part, ses conséquences sont si sérieusement décisives pour éclairer la direction d'un véritable cours de littérature, qu'en observant M. Saint-Marc Girardin dans la petite cellule isolée où il s'est emprisonné, nous serions tenté de le prendre, si nous ne le savions pas si savant en histoire, pour un nouvel Épiménide, contemporain du déluge, et qui n'aurait pu lire encore, après avoir reçu le don des langues, que la poétique d'Aristote et les auteurs divers qu'il commente à la Sorbonne. Mais nous ne commettrons pas l'irrévérence d'une supposition non moins inexacte que peu conforme à l'esprit du professeur. M. Saint-Marc Girardin juge sainement les choses et voit fort clair. Sachant, par l'expérience du passé que les vastes horizons sont chargés de nuages, *ennemi déclaré des ténèbres* et n'aimant qu'une douce lumière, il a tout uniment pris pour limite absolue du domaine littéraire, la borne raisonnable de son ambition personnelle. Beaucoup plus spirituel, nous osons le croire, que M. Dimanche qui, bien qu'établi, se moque étourdiment du séducteur don Juan au lieu de tirer de cette vie si désordonnée et si instructive une moralité de haute valeur pour fortifier, par une direction savante, l'intelligence de ses fils et la pureté de ses filles. « M. Saint-Marc Girardin est électeur, député, *presque* ministre, non parce qu'il est gentilhomme, puisqu'il n'y a en plus, mais parce qu'il est homme d'esprit et qu'il n'y en a pas beaucoup. »

Cette petite, mais très sérieuse épigramme que M. Saint-Marc Girardin, dans ses réflexions générales, s'est donné la peine de décocher contre lui-même, fournit à-la-fois la mesure de son intelligence littéraire, de sa vertu bourgeoise, et, ce qui est capital dans la thèse que nous discutons, du but logique et de la portée réelle de son enseignement. Il est facile, en effet, de s'apercevoir, en parcourant son ouvrage, que, pour M. Saint-Marc Girardin, le point essentiel n'est pas de se préoccuper du fond des choses en vue de leurs rapports avec les principes supérieurs qui font la force et la sécurité des États, mais en vue des calculs égoïstes qui président aux desseins particuliers des individus et des familles. Pour lui visiblement la masse collective, en tant qu'agrégation organisée n'existe pas, c'est un mythe. Renversant les termes de l'axiome social qui, par une progression continue absorbe l'homme, la famille et la patrie dans l'humanité, axiome déjà compris des anciens et porté à sa plus haute puissance, par dix-huit siècles de christianisme, le professeur absorbe l'humanité et la patrie dans la famille et, par une conséquence implacable, la famille entière dans l'individu. Fénélon, chez lequel toutes les hautes vérités étaient des intuitions primitives, simplement confirmées par l'intelligence, avait dit, dans une formule sublime de concision expressive : « j'aime mieux ma famille que moi-même, ma patrie que ma famille et le genre humain que ma patrie. » M. Saint-Marc Girardin substitue, par le fait à cette maxime immortelle, un catéchisme tout différent à l'usage de la jeunesse représentative. Dans les doctes leçons du professeur, et nous avons vainement essayé d'en exprimer autre chose, le jeune homme apprend doucement à considérer la maison paternelle comme un château fort plus ou moins bien crénelé, d'où il s'élancera, comme l'aiglon parti de son aire, sur les honneurs et les biens de ce monde dont le pillage, régularisé par un savant mécanisme, lui fournira les matériaux nécessaires pour se construire à lui-même et à sa postérité une forteresse plus vaste, plus solide, et située sur un meilleur emplacement que celle où il a reçu le jour.

On conçoit tout d'abord que, dans un milieu si bien préparé, toutes les vertus de famille accompagnées de leurs dépendances, *luttes* de *toutessortes*, *égoïsmes*, *ingratitudes*, *suicides*, etc., peuvent se donner largement carrière et fournir une pâture incessante aux dramaturges du présent et du plus lointain avenir. Aussi l'habile professeur pour que personne ne s'y trompe, a-t-il eu soin lui-même de couronner chaque chapitre de son manuel dramatique avec un de ces termes si naïvement révélateurs. Mais ce qu'il est bien difficile de comprendre, c'est qu'avec un tel point de départ et des intentions si peu voilées, M. Saint-Marc Girardin ait la prétention même apparente, nous ne dirons pas de ramener parmi nous la majestueuse tragédie, encore moins la comédie si profondément sérieuse de notre inimitable Molière, mais de solliciter dans l'âme de ses auditeurs une étincelle de ce bon goût et de cette bonne morale dont l'épigraphe encadre son livre, et lui compose aux yeux du candide lecteur un bouclier si respectable.

Cette manière aisée d'entrer en scène, cet intrépide aplomb, ou, pour mieux nous exprimer, cette finesse de renard avec laquelle M. Saint-Marc Girardin se glisse, après cinquante années de révolutions politiques, dans le sanctuaire de l'art qui puise là l'élément essentiel de ses plus graves inspirations, et cela, sans le moindre petit bout de prologue, absolument comme si ces révolutions étaient la chose la plus naturelle du monde, indique un parti pris si décidé d'esquiver les vrais, les sérieux problèmes pour s'accrocher aux vétilles, à ce que les francs bateleurs de la foire appellent les bagatelles de la porte, qu'il nous est permis de soupçonner que le professeur de la Sorbonne ne se trouvant ni les épaules assez fortes, ni la poitrine assez large pour arrêter le torrent dans sa marche impétueuse, a jugé moins inutile et beaucoup plus sûr, après avoir posé sur le courant sa barque légère, de la maintenir avec adresse loin des brisans et des écueils.

Nous ne blâmerions pas très sévèrement cette manière d'agir, si M. Saint-Marc Girardin, concentré dans les limites de son individualité propre et perdu dans la mêlée générale, voulait tout simplement conquérir sa place au soleil et amarrer sa nef sur une plage tranquille, d'où il pût à son tour, bien repu et le visage frais, s'asseoir sur la barrière et contempler philosophiquement les péripéties de la bataille. Mais son heureuse fonction le place de prime saut sur la cime la plus élevée de ce promontoire, but insaisissable de l'activité besogneuse de ses contemporains; et, ce qui doit rendre la galerie moins indulgente encore, cette fonction, fonction sacrée par excellence, véritable sacerdoce ayant charge d'âmes, dans la sphère éminente où le professeur eut le talent de se hisser se trouve envelopper dans ses attributions, non-seulement l'éducation de cette partie de la jeunesse qui vient écouter sa faconde, mais la direction intellectuelle et morale de l'université tout entière, c'est-à-dire de la société officielle, de celle qui par sa position et son influence est appelée à confectionner les lois et à porter les destinées de la France ; et comme si ce n'était pas assez d'abord de cette mission toute divine pour lui assurer une influence décisive sur le présent et l'avenir du pays, le professeur s'est ménagé simultanément la faculté de paraître à cette tribune suprême d'où la parole s'élance, rapide comme l'étincelle électrique, jusqu'aux extrémités de l'univers. Certes, en voyant M. Saint-Marc Girardin, muni de si nombreux et si puissans moyens pour perpétuer sa tranquillité personnelle, en semant de toutes parts non-seulement au sein de la France, mais encore de l'Europe et du monde, le bon grain de la saine morale et des saines doctrines littéraires, il est bien permis de lui demander compte et de la qualité de grain qu'il emploie et des moissons que la France a récoltées, depuis quinze ans que nous voyons à la tâche cet infatigable laboureur.

La première singularité qui nous frappe en examinant sa méthode, c'est le contraste extraordinaire, et il n'est pas le seul qui présente ce phénomène, offert par la placidité de sa spéculation anodine et l'impatience toute fiévreuse qui précipite sa personne vivante dans le tourbillon des ravageurs de ministères. Nous voyons *a priori*, dans cette petite circonstance, une contradiction si notoire, entre les préceptes avoués du professeur et les exemples de sa vie, que nous sommes porté malgré nous à mal augurer de la droiture de sa conscience ou de la logique de sa pensée. Le dilemme, il est vrai, est très gaillardement esquivé par certaine classe de prédicateurs ; mais ce n'est pas dans cette catégorie que s'est rangé M. Saint-Marc Girardin. Secondement, si le professeur est assez malheureux pour envisager le gouvernement régulier sous un tel point de vue, et si, d'une autre part, il est de bonne foi dans ses dissertations morales et littéraires, nous lui demanderons alors quel est le but de ces précautions infinies, pour dissimuler les principaux ressorts du drame antique et du drame moderne, et s'il n'eût pas été plus rationnel d'exposer sans restrictions ses idées générales et sa théorie. La plus mauvaise manière de former autour de soi les dispositions morales, dont on a besoin pour achever l'édifice de sa fortune, est sans contredit de fixer sur le papier la preuve continuelle de ses indécisions. Mais nous laissons de côté ces observations, secondaires ici, pour nous attacher exclusivement à l'essence même de la définition développée par le professeur.

Nous savons donc par le tableau qui commence au berceau de la Grèce antique et finit aux inventions du drame et du roman moderne, que la littérature qui comprend, embrasse et reproduit en poétiques images toutes les manifestations de la nature universelle n'est pas une de ces puissances qu'il soit permis au premier venu, encore moins à un professeur officiel, d'arracher du trône auguste d'où elle contemple, juge, exalte ou flétrit tour-à-tour les variétés infinies des sujets morts ou vivans, tributaires de son légitime empire, qu'il soit permis, disons-nous, d'arracher de son trône pour lui clouer ignominieusement les pieds, au coin d'une borne imperceptible, piédestal glorieux d'un souverain du jour. Nous l'avons vue, ce qu'elle est en réalité, une divinité superbe, chaste ou indécente, selon les temps ou les hommes qui se font prêtres de ses autels; mais qui, jusque dans ses plus fâcheux écarts, se montre encore parée du signe de sa royauté suprême, en semant à pleines mains autour d'elle, les vérités étincelantes, éclairs précieux du génie, que le critique philosophe a mission de recueillir pour corriger le présent et préparer l'avenir. Ce rôle sublime de la littérature, cette mission élevée qu'elle impose à ses interprètes officiels, ont-ils la moindre ressemblance avec le point de vue découvert et la mission adoptée par M. Saint-Marc Girardin ! Il suffit de jeter un coup-d'œil sur son livre intitulé *Cours de littérature dramatique* ou d'assister à quelques-unes de ses leçons, pour y surprendre aussitôt la négation préconçue du principe fondamental qui préside au développement des littératures et la préoccupation, plus manifeste encore, qui dissimule avec peine, dans un but facile à saisir, les premiers et les plus puissans ressorts de toute combinaison théâtrale.

Nous avions cru jusqu'à ce jour, que l'antagonisme des partis politiques et la passion mal équilibrée du pouvoir, avec leur cortége de révolutions et de crimes, était le fonds beaucoup trop fertile des plus imposantes fictions dramatiques, comme la lutte des vrais et purs besoins de l'âme contre la tyrannie dangereuse des faux préjugés était l'aliment essentiel de la bonne et instructive comédie. M. Saint-Marc-Girardin est venu au monde pour corriger tout cela. Ne songeons pas à voir figurer, ne fût-ce qu'en passant et comme accessoire, les principes supérieurs du gouvernement des hommes, dans un livre qui traite de l'art où ces principes sont presque toujours en jeu et surgissent forcément de toutes les considérations qu'il fait naître. La famille et les divers sentimens qu'elle développe au cœur de l'individu, sont le pivot capital autour duquel le professeur groupe invariablement ses réflexions ; et telle est sur ce point l'inflexibilité de sa doctrine que la majesté souveraine du prince et de l'état, l'amour sacré de la patrie, etc., sont toujours subordonnés, dans ses conclusions, aux exigences d'un devoir qui, quelle que soit son autorité, ne vient pourtant qu'en troisième ligne dans la hiérarchie des devoirs sociaux, comme le genre d'émotions qui en découle n'obtient jamais que le troisième rang dans l'ensemble très complexe des émotions engendrées par toute vraie conception dramatique où les trois sentimens se disputeront l'empire.

Cette mutilation évidente des besoins élevés de la nature humaine, cette attention obséquieuse à refouler sans cesse l'homme et le citoyen dans le cercle égoïste d'une institution qui n'a de la force et de la dignité que par sa co-existence avec les institutions supérieures qui régularisent ses tendances en les ennoblissant, décèlent déjà chez le professeur le dessein systématique d'accepter les choses *comme elles sont*, et de trouver là le moule éternel de tous les beaux ouvrages littéraires, dans le passé, dans le présent et dans l'avenir. Or, nous savons que le passé n'a dû la grandeur et l'unité de sa magnifique littérature qu'à la puissance du principe qui fit naître et grandir les sociétés anciennes ; et que ce principe, absolu, dans ses exigences, disciplinait en les absorbant toutes les ambitions personnelles des individus et des familles ; nous savons encore, et notre analyse rend ici toute hésitation impossible, que le drame et le roman moderne, si amèrement censurés par le professeur, sont le produit normal, nécessaire de l'évolution sociale et politique qui vint concentrer l'activité de la pensée dans l'étroite enceinte de la famille et de la personnalité des individus ; nous pressentons enfin, et ce pressentiment est déjà de la science, que la littérature ne peut s'élever et dans le présent et dans l'avenir, que par l'ascension continue de la famille et de l'individu remontant avec le pays, dans une série d'aspirations progressives, jusqu'au point de vue généreux et sublime d'où le grand ministre Turgot suivait de l'œil les destinées de la France et le dernier enfantement du christianisme.

Quel but s'est donc proposé M. Saint-Marc Girardin dans son manuel dramatique à l'usage de la jeunesse constitutionnelle ! ce n'est pas assurément le retour du siècle de Périclès, ni de celui d'Auguste, encore moins des siècles religieux et monarchiques de Léon X et du grand roi Louis XIV. M. Saint-Marc Girardin sait très bien son histoire, et s'il ne croit pas beaucoup à la perfectibilité humaine, il n'adhère pas davantage à la possibilité d'aussi prodigieuses métamorphoses. Et puis la nature du professeur est essentiellement accommodante. Il donne son admiration spéculative au passé, ses sympathies positives au présent et la providence à l'avenir.

Un système très facile, sinon très conforme aux vrais besoins de l'intelligence et du cœur, se présentait au premier coup-d'œil à l'homme doué d'un tel caractère et muni d'une philosophie si compréhensive. Faire des études complètes et suivies, c'était s'engager dans des impasses d'où l'adresse la plus raffinée n'eût jamais su nous tirer; d'un autre côté, l'analyse des ressorts dramatiques, fondés sur l'aveugle ambition du pouvoir et les sombres péripéties qu'elle entraîne, impliquait la révélation prématurée de l'arrière-secret de la comédie parlementaire, et plus d'une allusion intérieure fût venue déconcerter parfois la gravité magistrale du professeur moralisant. Des entretiens partiels, sans aucun lien saisissable entre eux, et rigoureusement circonscrits dans le cercle des passions, qui naissent et se développent au contact de la vie de famille, étaient donc les assises nécessaires d'un travail entrepris sous cette impérieuse influence. A ces causes fondamentales s'en joignait une autre tout aussi souveraine et non moins raisonnée. La royauté constitutionnelle une fois admise comme chapiteau protecteur ou simple enseigne d'un édifice exclusivement exploité par un certain ordre de savans dont la phalange se recrutait sans cesse dans les rangs d'une bourgeoisie, non moins facile à désabuser qu'à séduire, il eût été plus que téméraire de découvrir à des yeux profanes avec les véritables sources du génie des poètes, les régions jusqu'ici cachées du progrès pacifique et conservateur.

En face de tous ces écueils, dont un seul pouvait briser bien des espérances, le plus efficace moyen de faire besogner sans relâche la prérogative royale et la France avec elle dans l'horizon politique et social où cinquante années de déceptions les avaient enrayées, était à coup sûr d'ajuster le monde des idées grandioses et des arts aux proportions microscopiques des rivalités contemporaines. La pratique des vertus privées s'y concilie si bien, du moins en apparence, avec les ambitieuses préoccupations d'une médiocrité qui veut arriver quand même, que M. Saint-Marc Girardin pouvait donner sans crainte à sa spéculation la plus touchante enveloppe de moralité.

Aussi voyons-nous briller, dans son livre, pieusement couronnées d'une sainte auréole, toutes les pures vertus du foyer domestique depuis la grave tendresse des pères et des mères jusqu'à l'aimable et douce piété filiale. Le front se rembrunit, il est vrai, lorsqu'on aperçoit, pêle-mêle au milieu de cette troupe sacrée le *pecus infandum* des noires agitations de l'âme, mères impures des désespoirs et des criminels déportemens. La pensée devient plus triste encore quand le professeur analyse ses diverses jouissances dramatiques avec l'insoucieuse tranquillité d'un vieux Romain faisant la récapitulation des couples de gladiateurs dont il a savouré l'agonie. Mais M. Saint-Marc Girardin arrive au terme de sa course littéraire ; et le lecteur incessamment ballotté, à travers une suite de tableaux disparates, du crime à la vertu, du suicide à l'amour de la vie, des passions frénétiques aux pures affections de l'âme, ferme le livre et quitte le professeur avec une bonne croyance de moins, et une mauvaise disposition au scepticisme universel de plus.

VI.

La conclusion logique d'un tel livre perçait si naturellement à travers chaque réflexion particulière, que les réflexions générales qui le terminent, bien que remarquables par une netteté sans pareille, étaient à-peu-près superflues. On conçoit en effet que le professeur qui escamote d'un trait de plume la partie vivante et sublime des annales littéraires de l'humanité, pour introduire le reste de vive force, après en avoir mutilé le sens et la portée, dans le cadre infime d'une personnalité vulgaire, transformait par cela même la littérature en métier positif, destiné, ni plus ni moins que tous les autres, à pousser son homme dans le monde, à lui fournir un moyen nouveau de faire, comme on dit, *son chemin*, dans une société qui, selon M. Saint-Marc Girardin, n'a de places à donner qu'aux imitateurs cauteleux de M. Dimanche. Nous avons dit pourquoi l'art profond et réfléchi des Sophocle et des Racine (1) se trouvait momentanément exilé de la société contemporaine. Mais si les écrivains, libres de devoirs officiels, suivent le torrent de la vie commune et prennent pour mieux réussir, comme on peut en voir d'illustres exemples, précisément la route que

(1) Nous ne voulons pas dire ici que l'ancienne tragédie doit renaître. Il s'agit de l'art en général.

M. Saint-Marc Girardin, avec un aplomb si sardonique, frappe inexorablement de son industriel anathème, le professeur n'est-il pas le complice ou plutôt l'instigateur avéré de ce désordre intellectuel et littéraire qu'il a l'air de vouloir arrêter par ses livres et ses leçons. C'est ce qui résulte malheureusement de l'analyse rapide que nous venons de faire ; et si sa franche approbation du fameux axiome, *chacun pour soi*, n'est pas un instant douteuse dans la sphère des intérêts matériels et des cabales de parti, il n'est pas moins manifeste encore qu'il intronise solennellement, par un exemple inouï, cette maxime redoutable dans un sanctuaire dont elle n'avait pas encore franchi le seuil, le sanctuaire officiel de la littérature et des beaux-arts.

Si, comme nous aimons à le croire, M. Saint-Marc Girardin, uniquement préoccupé de son avenir personnel, n'a pas eu l'intention réfléchie de faire descendre progressivement le sens intellectuel et moral du pays, jusqu'au dernier degré de la dégénérescence, il faut gémir alors sur l'aveugle illusion d'un homme d'esprit qui, prenant pour enseigne de son cours le double culte des beaux ouvrages et des bonnes mœurs, travaille sans relâche, depuis tant d'années, à rendre les uns impossibles et à dégrader les autres en introduisant, jusque dans la demeure du plus fier et du plus désintéressé des arts, tous ces calculs de spéculation méticuleuse, apanage exclusif des marchands au détail et des prêteurs à la petite semaine.

Observons ici sans sourire que si les théories de M. Saint-Marc Girardin avaient eu cours au temps des Périclès, des Auguste et des Louis XIV, il n'aurait pas à l'heure qu'il est, proprement rangés dans sa bibliothèque, les brillans chefs-d'œuvre de ces époques célèbres, source inépuisable d'esprit pour le professeur, et base un peu perfide peut-être de ses *espérances* à venir. Eschyle, Sophocle, Euripide, Virgile, Ovide, Corneille, Racine, Quinault, etc., seraient, suivant l'heureuse expression d'un spirituel publiciste, tous partis sans avoir déplié.

C'est en vérité, de la part de M. Saint-Marc Girardin, trahir un grand fond d'ingratitude, mais nous aimons à penser encore que le professeur de la Sorbonne se montre ingrat sans le savoir, absolument comme M. Jourdain faisait de la prose.

Si, ce que nous ne lui ferons pas l'injure de croire, M. Saint-Marc Girardin prenait son cours au sérieux et faisait entrer pour quelque chose la postérité dans ses calculs, nous entreprendrions de faire ressortir ici avec une conscience et une sévérité dont il tirerait profit peut-être, les méprises nombreuses et les contradictions étonnantes qui fourmillent dans le livre que, par un dernier trait de finesse, il n'a pas publié sous son véritable titre. Mais une pareille tâche étant superflue, nous nous bornerons à juger quelques-uns de ses jugemens littéraires recueillis dans son principal ouvrage, et dans ses dernières leçons de la Sorbonne. Ce petit examen démontrera, nous l'espérons, que si le système d'enseignement du professeur l'a posé dans l'art de conduire sa fortune, comme l'émule fortuné de M. Dimanche, il condamne son esprit en retour, à commettre sans cesse, même dans la spécialité bornée où son intelligence est le plus à l'aise, une foule d'inadvertances, non moins fâcheuses pour l'honneur de son jugement que déplorables pour la jeunesse studieuse qui attache à ses paroles l'infaillibilité des oracles.

M. Saint-Marc Girardin passe en revue tour-à-tour, dans son manuel dramatique, le *Werther* de Goëthe; *Chatterton* de M. de Vigny; *René* de Châteaubriand; quelques-uns des héros de Byron; le *Roi s'amuse*, *Lucrèce Borgia* de M. Victor Hugo; le *Vieux Paria* de Casimir Delavigne; le *roi Léar* de Shakspeare, et le *père Goriot* de M. de Balzac.

Quelques-uns de ces personnages amenaient naturellement des réflexions sur le suicide et la haine de la vie. Les réflexions de M. Saint-Marc Girardin nous initient d'abord aux mystères les plus intimes de sa douce existence. Il nous raconte lui-même naïvement, en croyant parler littérature, que sa position sociale est des plus heureuses et qu'il n'a guère vu et compris l'idée du suicide que dans les tragédies et les romans. Le propre du bonheur est de montrer toute chose à travers un prisme et de prêter, par un charmant mirage, aux êtres divers qui nous entourent, un petit reflet de notre béatitude. C'est là sans doute ce que Platon et Aristote ont entendu par leurs *images expresses* et leurs *exemplaires*. M. Saint-Marc Girardin qui, en raison de cela, ne s'est pas donné la peine d'observer le caractère et les habitudes des *petites gens*, bien qu'il leur témoigne une prédilection toute particulière, est donc persuadé que le suicide n'est pas la maladie des simples de cœur et d'esprit, mais seulement celle des raffinés et des philosophes. Il n'a pas observé que Werther, Chatterton, etc., etc., ne sont comme Œdipe, Jocaste, Ajax, Hécube, etc., ces types suprêmes de la tragédie antique, que des exceptions extraordinaires; et qu'à ce titre, résumant, dans leur existence ou dans leur pensée, le tableau réel ou la perception douloureuse de toutes les misères de l'humanité, ils arrivent, par une synthèse absolue, à ce point culminant du désespoir, toujours situé chez les petites gens en-deçà des limites de leur étroit ménage. M. Saint-Marc Girardin ne semble pas se douter que les extrêmes se touchent; et que si les Chattertons et les Werthers sont rares, les cerveaux bornés sont malheureusement très communs. Or, si le désespoir se développe dans la vie en raison directe de l'épuisement des espérances et de la faiblesse des organisations, le professeur peut s'assurer, par une simple règle d'arithmétique, que le suicide d'un seul Werther correspond à plus de vingt mille suicides ordinaires. Il est bien entendu que nous supposons ici, chez tous les individus, chaque position sociale étant toujours réglée par le hasard, une dose de culture morale proportionnelle à la mesure des facultés. Dans l'état actuel des choses, les suicides qui désolent la société sont, quant aux causes générales et à l'espèce, toute séparation admise quant à la nature des passions et des sentimens qui les provoquent, en rapport évident d'analogie avec les crimes plus désastreux qui peuplent journellement les prisons et les bagnes. Les statistiques sont là pour nous montrer que, dans ces horribles demeures, les raffinés et les philosophes sont en minorité imperceptible. Eh! comment n'en serait-il pas ainsi! Si la rotation perpétuelle de l'esprit dans une seule pensée finit par engendrer la folie, cette même cause qui dérive toujours d'un besoin ou d'un sentiment impétueux, sans cesse refoulé, produira, sous une variété infinie de formes, soit l'attentat contre les personnes et les choses, soit le suicide, résultante de la même réaction, mais dirigée contre nous-même. Il reste à décider sur le degré de faiblesse et de criminalité qui accompagne ces effets divers d'une impulsion subversive, originairement identique. Mais ceci est une question à part.

Il faut, comme M. Saint-Marc Girardin, n'être jamais sorti du calme de la plus insoucieuse existence, pour ne pas concevoir, *à priori*, qu'entre l'imagination d'un simple de cœur et d'esprit et celle d'une nature complexe il y a toute la différence d'une petite propriété à la surface d'un grand royaume, et que si les mêmes abîmes bornent les extrémités des deux carrières, le pauvre d'esprit a vingt mille chances contre une de s'y précipiter avant l'autre. Toutes les subtilités du monde n'obscurciront pas ce simple raisonnement que la naïveté primitive et l'étroitesse de vues provoquent plus de déceptions et par suite de désespoirs et de mauvaises pensées, dans les plus modestes ménages, que le raffinement de l'intelligence ne cause de dé-

sordres individuels dans les différentes positions de la vie. Les vrais
suicides, ceux qui ont pour origine une lésion saisissable dans l'équi-
libre des facultés, se commettent sans étalage et sans bruit ; et ce ne
sont pas ceux-là qu'enregistrent le plus souvent nos journaux de Paris
et de la province. La mort d'un enfant, d'un mari, d'une épouse, une
perte de fortune et mille autres causes beaucoup moins respectables,
un simple reproche, une injure, une légère espérance frustrée , etc.,
amènent chaque jour, dans les familles, plus de désespoirs secrets et
de catastrophes que le marasme d'un Werther ne trouvera d'imitateurs en cinquante ans. En général, les suicides à la Werther et la
plupart de ceux qui, moins romantiques, laissent après eux quelques
traces ambitieuses, telles que vers, lettre soigneusement élaborée, se
commettent avec une détermination, non moins réfléchie et non moins
consciente d'elle-même que le suicide classique du stoïcien Caton.
C'est toujours, sauf les circonstances sociales et la valeur individuelle,
une personnalité qui se pose devant ses contemporains ; et qui, après
avoir calculé les profits et pertes d'une prolongation d'existence abandonne le tout, sur la chance plus que douteuse d'un petit retentissement dans la postérité. C'est le seul genre de suicide où peuvent se
laisser aller très rarement encore et de loin en loin, ceux que M. Saint-
Marc Girardin appelle les raffinés et les philosophes, gens beaucoup
plus attachés à la vie qu'il voudrait nous le faire accroire. On n'a
guère le temps de philosopher qu'au sein des *beaux loisirs* et de l'opulence, et Delille a fort bien prouvé que le suicide ne germe pas souvent dans ces régions-là.

Le tort capital, et il est immense, des drames et des romans qui
roulent sur des personnages, tels que Werther, Chatterton, etc., est
de concentrer toute notre attention sur un seul homme dont chaque
pensée et chaque parole aboutissent perpétuellement à l'unique destinée d'un être qui, quelle que soit son importance intellectuelle et morale, n'a jamais, en définitive, à produire sur la scène du monde
où il aspire à prendre sa place, qu'une brillante individualité de plus.
Cela ne mérite certainement ni d'envahir tout un livre, ni de grouper
autour de soi toutes les combinaisons d'un long drame, ni d'enchaîner
sans réserve les sympathies de la foule. Le génie des grands écrivains
est fait pour corriger et punir l'égoïsme individuel exclusif, et non
pour l'élargir et lui décerner une apothéose ; et le fait qui soulevera
dans l'avenir les objections les plus légitimes sur la qualité du génie de
nos dramaturges modernes, est précisément cette particularité qui

4.

nous montre, dans toutes leurs conceptions, l'orgueil et les besoins d'un seul en présence d'un autre orgueil ou de la société tout entière, envisagée simplement dans ses rapports avec les convenances du héros. Quant aux misères d'en bas, leur lot est de regarder et d'attendre. De telles idées dramatiques sont assurément bien loin du sublime passé qui commence par Homère et qui, de grands poètes ou grands hommes d'état, vient se résoudre à travers dix-huit siècles de christianisme dans le mouvement si religieux et si grandiose de 89. On est bien près de se superposer soi-même à la masse des peuples, lorsqu'on fait si bon marché de tous ces magnifiques antécédens. S'ensuit-il que des enseignemens précieux ne jaillissent pas, comme de vives étincelles, de ces combinaisons défectueuses! Nous sommes bien loin de le penser; et, ce qu'il y a d'original ici, le côté sérieux et profondément instructif de ces natures exceptionnelles est tout à point ce qui sollicite sur le ton le plus triomphal, la verve railleuse et moralisante de M. Saint-Marc Girardin.

Werther et Chatterton sont tous deux enfans du xviii° siècle. Au souffle desséchant de cette philosophie, si sceptique sous ses faces individuelles, ils ont perdu la foi des grandes et nobles aspirations, au point de ne plus croire, même aux choses de la nature et du monde extérieur que dans leurs rapports avec les exigences d'une égoïste personnalité. Ce sont cependant des âmes très richement dotées et qui ne demanderaient pas mieux que d'être utiles à leurs semblables. Mais il leur faut avant tout une place convenable au soleil de l'humanité; et telle est la fatalité de leur existence qu'ils seraient l'un et l'autre fort en peine d'expliquer la position sociale qui doit les mettre à leur aise. Le métier de secrétaire d'ambassade, quoi qu'en pense M. Saint-Marc Girardin, n'est pas plus que celui de poète une profession qui satisfasse, nous ne dirons pas un homme de génie, mais une tête un peu largement organisée, si de fortes croyances et un but supérieur ne sont là pour stimuler et soutenir l'énergie morale et la volonté. Sans rien préjuger sur le parti qu'eussent pris, en pareille occurrence Homère, Dante, Le Tasse, ou Milton, nous mettons le professeur au défi de nous démontrer qu'ils eussent été plus gais que les deux héros de Goëthe et de M. de Vigny, si leur âme eût été façonnée à la même école philosophique. Le génie n'est patient et vivace qu'à la condition de trouver en lui-même ou dans la société un principe qui le développe et le féconde. Or, le xviii° siècle, essentiellement subversif, sous ce double point de vue, ne pouvait offrir aux intelligences qui respiraient dans son atmosphère que des alimens de scepticisme et d'incrédulité. Là se trouve, il est vrai, le secret de la prodigieuse activité de Voltaire et des écrivains de l'*Encyclopédie* ; mais M. Saint-Marc Girardin paraît trop bon catholique pour concevoir un moment la pensée que Werther et Chatterton auraient dû s'enrôler dans une telle milice. Que restait-il donc à ces deux poétiques natures dont les croyances naïves avaient été battues en brèche par de si terribles armes ?

La panacée du professeur n'est pas soutenable, même à ses yeux, car il est homme d'esprit ; et la seule conclusion naturelle qui se présentait au bout de son analyse était une double moralité qui indiquât, d'une part, l'immense lacune et le côté dangereux de la philosophie du XVIIIe siècle ; et, d'une autre part, l'étroitesse injustifiable de la conception des deux romans (1). Un joli épisode de famille, jeté en travers des deux suicides, n'est sans doute pas d'un mauvais effet sur le fond d'un tableau si sombre ; mais la pensée qui plonge dans l'avenir peut n'y trouver aussi qu'une nouvelle pâture à de plus poignant désespoirs. Pour une intelligence élevée, la famille se rattache à la patrie, et la patrie elle-même à l'humanité. Il faut donc trouver dans ses principes les élémens de ces larges croyances ; et que sont, hélas ! les émotions quintessenciées du professeur pour suppléer, dans l'âme de nos Werthers, à cette sublime et forte synthèse du vrai christianisme introduit dans l'Etat !!

Les conclusions de M. Saint-Marc Girardin, sur le Réné de Châteaubriand et le héros de Byron, accusent la même sécheresse et la même inintelligence des besoins supérieurs de l'âme. Il ne voit dans tous ces personnages que des plastrons à ses railleries, au lieu de voir, dans leurs tristes écarts, ne fût-ce que sous la forme du doute, l'imprévoyance d'une société qui pouvait pressentir et mieux guider peut-être ces mêmes facultés dont la déviation l'épouvante.

M. Saint-Marc Girardin n'est guère plus heureux dans l'appréciation des drames modernes qui roulent sur l'essor des sentimens autour desquels il groupe toutes les réflexions morales de son livre. Ses analyses de *Lucrèce Borgia*, du *Roi s'amuse*, du *Vieux Paria*, mettent à nu la portée superficielle de sa critique et les singulières inadvertances de son jugement.

Toujours fidèle à son système d'exclusion rétrospective, le professeur

(1) Nous ne mettons point sur la même ligne Werther et Chatterton, ce dernier réunissant à l'étroitesse une immoralité qu'il ne rachète pas.

trouve mauvais d'abord que M. Victor Hugo ait exposé sur la scène les monstruosités physiques et morales de Triboulet et de Lucrèce. Il exige en outre que l'amour paternel et maternel soit ressenti par ces deux êtres horribles, absolument, comme s'ils étaient des créatures humaines. Le profond Καλὸς Κἀγαθός des Grecs ne l'embarrasse pas le moins du monde, bien qu'il ait étudié les Grecs. Ainsi l'enseignement terrible qui résulte de ces deux caractères échappe à son intelligence en même temps que le défaut réel et fondamental des deux conceptions du poète.

Le tort de M. Victor Hugo n'est pas d'avoir montré sur le théâtre la laideur et la méchanceté, poussées jusqu'aux dernières limites du possible; mais bien d'avoir proposé à nos sympathies ce qu'il devait envelopper dans la commune réprobation. Triboulet et Lucrèce ne sont pas plus respectables, sous leurs physionomies de père et de mère, que sous les autres faces de leur individualité repoussante. C'est, d'un côté comme de l'autre, un instinct de bestialité pure, indépendant non-seulement des lois morales qui régissent la famille, mais encore, et c'est là le dernier degré de l'horreur, du sentiment isolé, mais complexe, qui dirige un être humain dans la manifestation de son égoïsme. Le poète nous montre donc plus qu'il ne nous a *promis*, puisqu'il met à jour, dans une énergique et frappante peinture, cette triple vérité, qui n'est pas une exception, mais une règle, du désaccord fatal de la difformité physique (1) avec la beauté morale, et de la méchanceté absolue de l'âme avec le sentiment des pures affections du cœur. Triboulet et Lucrèce, loin de se sanctifier et de se purifier par leur amour paternel et maternel, achèvent, par ce dernier trait, de révolter contre eux jusqu'à la dernière fibre de la conscience humaine. Mais le tableau manque son effet utile sur l'intelligence, parce qu'il n'a pas pour correctif, dans les deux drames, une figure qui corresponde, par une perfection absolue, aux types si complets de laideur physique et de difformité morale que M. Victor Hugo nous présente. On pourrait élargir encore le cercle de cette critique littéraire, mais nous dépasserions alors le petit point de vue de M. Saint-Marc Girardin.

Le *Vieux Paria*, Zarès, de Casimir Delavigne est, comme contraire, le véritable pendant de Triboulet. Il semblerait que le professeur dût l'apprécier avec une réflexion mieux raisonnée; il n'en est rien cependant. Nulle part, peut-être, il n'a plus multiplié les inadvertances.

(1) L'exception ici est le triomphe de l'éducation morale.

Il s'étonne que Zarès n'accepte pas le sort brillant que lui offre son fils, et qu'il veuille le ramener opiniâtrément dans le désert. Pour donner au moins à cet entêtement une justification plausible, il le met sur le pied d'un père juif, au moyen âge, et lui commande à ce titre de maudire les brahmes, vu, dit-il, qu'il y a parité exacte entre les deux situations. Autant de mots, autant d'oublis incroyables. Zarès refuse de partager les grandeurs de son fils, parce que l'habitude est une seconde nature et que, né dans le désert, il a pour sa solitude et son humble chaumière, cette énergie d'attachement que le Lapon jeune ou vieux ressent pour son affreuse patrie et sa hutte cachée sous un amas de neige. Et quelle différence entre les déserts de l'Inde et ceux de la Laponie! L'illusion du vieillard au sujet des sentimens réels de son fils est donc aussi naturelle que touchante; il ne peut croire à l'hésitation d'Idamore, et c'est ce qui rend son égoïsme paternel doublement respectable. Pour lui, le retour de son fils n'est pas plus un sacrifice que sa répugnance personnelle pour les grandeurs que son fils lui propose. Ce qu'il attend d'Idamore n'est autre chose que ce qu'il a fait lui-même à son vieux père avec bonheur. Quel contre-sens historique et moral dans cette comparaison de Zarès avec un père juif! le juif maudit et proscrit le chrétien à son tour, parce que sa religion lui montre, dans son oppresseur, un profane et un inférieur qu'il a double droit de détester et de maudire. En peut-il être ainsi du Vieux Paria! lui qui sait sa proscription sanctionnée par les livres sacrés et qui lit chaque jour, sur le front des criminels rejetés dans sa caste, le signe indélébile de sa déchéance séculaire! Quelle religion lui permet de maudire! Il pourra croire à une rédemption peut-être, en attendant gémir en secret sur l'orgueil des brahmes, mais aller au-delà c'est presque un sacrilége. Souffrir la honte et se résigner, n'est-ce pas là toute la destinée du paria? L'égoïsme de Zarès, ainsi motivé, est aux yeux du spectateur le contre-poids le plus fort et le plus intéressant qu'il soit possible d'opposer à l'amour d'Idamore pour Néala. La pitié qu'inspire le vieillard est immense et suffit pour contrebalancer l'intérêt qui s'attache aux deux amans. Nous savons comment il se fait que le professeur est d'un autre avis.

C'est encore en vertu de la même manière de sentir qu'il met très sérieusement en parallèle Hector et Andromaque avec Triboulet et Lucrèce; les deux premiers magnifiquement pourvus de tout ce qui manque aux deux autres.

Les élucubrations du professeur sur l'*OEdipe à Colonne*, de Sophocle, le *roi Léar*, de Shakspeare, et le *père Goriot*, de M. de Balzac, nous dévoilent plus vivement encore l'étroitesse de ses vues et la confusion ténébreuse de ses idées. S'il est une transformation significative dans la littérature dramatique, c'est assurément cette métamorphose continue du caractère paternel qui de l'*OEdipe à Colonne*, type sublime de la majesté des pères, arrive par une dégradation progressive, jusqu'au *roi Léar* et au *père Goriot*. Cette dégradation est si peu volontaire de la part des auteurs ; elle est si bien calquée sur la physionomie sociale, que M. Saint-Marc Girardin s'écrie avec la plus comique assurance que le père Goriot est tout aussi respectable que les deux autres, bien qu'au lieu d'être un héros ou un roi, comme OEdipe et Léar, il ne soit qu'un ancien marchand qui, après avoir fait fortune dans le commerce, s'est retiré dans une pension bourgeoise du faubourg Saint-Marceau. Voilà ce qu'il fallait démontrer avant de lancer l'anathème sur le romancier moderne, et voilà aussi ce qu'on ne démontre pas. Le père Goriot, tel que l'a peint M. de Balzac, est l'expression, aussi vraie que saisissante, des sentimens de la famille, faussés et corrompus jusque dans leur pivot, au sein des classes commerciales, par l'asservissement complet de l'âme et du corps aux exigences d'une cupidité qui accumule, un à un, non des sacs d'écus, mais des sous ; et, s'il est facile de trouver à ce type du père industriel, des points remarquables de ressemblance avec le roi Léar, tous les efforts de M. Saint-Marc Girardin ne réussiraient pas à lui en découvrir avec le héros de Sophocle. C'est que l'*OEdipe à Colonne* et, en général, tout le théâtre grec, est l'expression fidèle de cette société antique, si imposante et si majestueuse, mère des hommes forts et des grands caractères ; tandis que le *roi Léar* est l'expression d'une société dégradée par cet égoïsme barbare et stupidement personnel, qui fait du roi Léar un fou et de Louis-le-Débonnaire un malheureux pénitent. Le père Goriot descend de cette dernière souche en droite ligne ; c'est bien le même fait social ; c'est toujours cet égoïsme personnel exclusivement familial et sans contre-poids, mais parvenu ici à son dernier degré de dégénérescence.

Quel rapport possible entre les images d'une telle société et les images de cette religieuse et savante organisation où la majesté paternelle ne planait pas au-dessus de la majesté royale, comme le dit M. Saint-Marc Girardin, mais s'élevait au plus haut degré de prestige en se confondant avec elle ?

Le roi Léar est au roi OEdipe ce que le père Goriot est au roi Léar ;

et, sous l'empire de cette loi providentielle qui impose aux génies observateurs la peinture significative de la phase sociale au milieu de laquelle ils respirent, Sophocle, Shakspeare et M. de Balzac obéirent instinctivement aux exigences des sociétés successives dont ils ont exprimé dans leurs œuvres les principes, les sentimens et les mœurs. C'est aussi pour cela qu'Œdipe est admirable de résignation religieuse et d'énergie inflexible ; le roi Léar d'autant plus pitoyable que son front est couvert du bandeau des rois ; et le père Goriot dégoûtant d'idiotisme et de paternité matérialisée.

Cette trilogie dramatique qui nous permet de résumer en quelques lignes, sous ses faces les plus saillantes, la dégradation continue du principe social et des sentimens de la famille, depuis le siècle de Périclès jusqu'à nos jours, est une confirmation si péremptoire de tous nos développemens antérieurs, que nous placerions ici notre conclusion finale, si nous n'avions pas à montrer encore la parfaite concordance des leçons parlées du professeur avec le travail écrit que nous venons d'examiner.

M. Saint-Marc-Girardin s'était proposé d'étudier cette année, dans son cours de la Sorbonne, les tragi-comédies et les opéras de Quinault.

Si jamais poète fut l'expression vive et fidèle des sentimens et des idées de son époque, c'est sans contredit l'écrivain ingénieux qui dans ses drames et surtout ses opéras si transparens, empruntés à tout ce que la mythologie grecque a de plus poétiquement enchanteur, se fit l'historiographe galant, si nous pouvons employer ce mot, de cette cour brillante et romanesque qui eut pour demoiselles d'honneur des La Vallière et pour dieu réel le jeune et imposant Louis XIV. Ici l'idée du genre nommé opéra, non-seulement se présentait d'elle-même à l'imagination du poète, mais sa réalité vivante existait sous ses yeux, dans les fêtes de la cour. Chacun sait en effet que tous les principaux sujets des opéras de Quinault lui étaient indiqués par Louis XIV lui-même, et que le poète n'a pour lui que le mérite supérieur de la mise en œuvre et de l'exécution. Cela n'empêche pas M. Saint-Marc Girardin de disserter sur ce genre de poésie et sur sa nouveauté surprenante, exactement comme si Quinault eût long-temps cherché dans sa tête une invention qui étonnât ses contemporains. Les prologues et les allusions continuelles sont pour lui de simples hors-d'œuvre qui n'arrêtent pas sa faconde. Quinault est, dans la marche de l'art dramatique, en France, ni plus ni moins que l'inventeur d'un genre à part, et le précurseur de Racine ; tandis que ce dernier qui paya bien aussi son petit tribut au *patois* sentimental de l'époque, s'est exclusivement préoccupé de surpasser, du même coup, dans le monde fantastique de la littérature et des arts, le grand Corneille et le doux Quinault. Quinault est donc tout simplement un précurseur littéraire de Racine. La société aristocratique et la cour du grand roi, n'ont rien à faire ici qu'à venir curieusement contempler le nouveau spectacle et juger du mérite de l'invention.

On se demande sans doute comment le professeur va s'y prendre pour se tracer le moindre cadre et remplir l'heure de sa leçon avec un point de vue si nul et si manifestement contraire aux faits historiques. C'est une question que nous nous sommes adressée à nous-même, et le seul moyen d'y répondre est d'exposer ici quelques exemples de sa manière. A quoi bon chercher un plan dans un enseignement qui repose sur la négation systématique des vérités générales les mieux constatées? Autant vaudrait réclamer du chaos la réunion méthodique et l'harmonie des élémens. Il ne faut donc pas espérer autre chose de M. Saint-Marc Girardin que la course à bâtons rompus des chantres gagés qui célébraient les vainqueurs d'Olympie. C'est le Simonide et le Pindare de la Sorbonne :

Chez lui *un bon* désordre est un effet de l'art.

Qu'on en juge. Un jour il examine l'opéra d'*Io*. Rien de plus fécond en aperçus fins, en réflexions morales et littéraires que cette charmante composition lyrique. Voilà M. Saint-Marc Girardin qui débute, après quatre mots de préambule, par la lecture du passage d'Ovide d'où le sujet de l'opéra fut visiblement tiré ; puis tout-à-coup, sans avertir, il prend par les cheveux son débonnaire auditoire, qui cherche en vain à saisir le fil de toutes ces choses, et vous le lance d'un tour de bras des bords de l'antique Inachus aux rives de l'Inachus moderne, pour l'amener, de ces plages désolées, en présence de la chaîne morale qui commence à l'animal brut et s'élève jusqu'au ciel. Dans l'impétuosité de sa course aventureuse, le professeur ne se doute pas qu'il outrage tour-à-tour la science géologique, le bon sens ordinaire et la vérité du fait mythologique, dont il fausse et dénature la portée. Est-il possible de comparer l'Inachus du temps d'Io avec l'Inachus qu'a vu M. Saint-Marc Girardin? Et que prouve le maigre filet d'eau qu'il a pu traverser avec ses bottes, et le désert sablonneux qui n'égayait pas sa vue! S'est-on jamais avisé de prétendre que le Jourdain et le Tibre n'étaient que de faibles ruisseaux, dégarnis de verdure, au temps de Moïse et de Romulus, parce que nous les voyons tels aujourd'hui! Les effets désastreux du ravage des forêts qui ont fait de la Provence, ce pays aimé de Dieu, une Sibérie en miniature, ne sont-ils pas aujourd'hui connus et compris des enfans mêmes! Ah! c'est bien là le professeur qui veut infliger à la littérature vivante la muette immobilité de sa pensée! Il faut pour le satisfaire que la terre elle-même subisse le joug de son symbole chéri. J'ai vu cela, donc cela est, a été et sera toujours.

Son application de la différence des lieux, parcourus par Io, au changement d'optique causé par les déceptions de son amour, n'est ni moins forcée, ni moins inadmissible. Io, poursuivie par le taon, ministre des vengeances de l'implacable Junon, fuit les plaines fleuries parce que son ennemie n'est pas d'un caractère à la laisser s'y reposer. Toutes ces méprises sentent terriblement l'homme qui n'a de l'esprit et du sentiment qu'avec sa mémoire. Nous tolérons d'autant plus volontiers sa digression sur la *chaîne morale*, que, bien comprise par le professeur, cette idée juste le conduirait à des conséquences dont son enseignement et son auditoire profiteraient. Mais hélas! quelle lourde chute dans le rapprochement qui la lui suggère! Io changée en génisse doit, sous peine de n'être plus qu'une véritable bête, conserver tous les sentimens et tous les souvenirs de la femme. Le poète a bien soin de nous le faire voir. Or, quel rapport entre une telle situation et celle des autres animaux! Ici le moule seul ou le corps appartient à la bête; l'âme est humaine et qui plus est l'âme d'une femme, l'âme véritable d'Io, qui pense, sent, mais ne peut parler. Les manifestations de la génisse Io sont donc exceptionnelles et non-seulement ne font rien préjuger sur l'état habituel de l'espèce, mais repoussent *a priori* toute comparaison avec elles. La simple assimilation est déjà singulière comme on voit; mais comment donc appeler l'étourderie du professeur qui trouve étrange et impossible l'idée fort naturelle qui pousse Io à tracer avec le pied son nom sur le sable, comme si cela était en dehors de sa portée et ne pouvait rien pour sa délivrance! Cette dernière méprise sur l'état moral d'Io fera supposer que M. Saint-Marc Girardin n'a pas lu, dans la Bible, la métamorphose de Nabuchodonosor.

Un autre jour, en faisant goûter à son auditoire les beautés vraiment frappantes du magnifique opéra de Persée, M. Saint-Marc

Girardin trouvant sans doute la *matière infertile* s'empare tout-à-coup, par une sorte d'illumination poétique, de la tête de Méduse, dont il compose hardiment un daguerréotype à l'usage de Persée ; puis mettant à côté l'invention récente de M. Daguerre, il trouve qu'il y a identité positive entre les deux instrumens. Une fois nanti de cette bonne idée le voilà qui prouve à sa manière que le daguerréotype est une invention sans valeur, parce qu'il reproduit toujours, avec une fidélité absolue, les objets qu'on lui présente. Selon le professeur, la parfaite ressemblance vise à la caricature, et les arts sont faits pour embellir tout ce qu'ils peignent à nos yeux. Il y a dans cette dernière idée, comme dans toute idée vue de profil et donnée ainsi pour complète, du vrai et du faux. Nous savons que le professeur ne voit jamais qu'une face des choses. Mais n'est-ce pas abuser de la complaisance de son auditoire que de poursuivre, pendant une demi-heure, une digression aussi prodigieusement forcée et d'entasser à la suite les erreurs les plus singulières et les moins excusables. Nous savons pourquoi le véritable idéal des arts est le beau dans sa conception la plus absolue ; mais nous savons aussi que la peinture du laid est la conséquence même de cet idéal. Comment jugerons-nous le beau, si la comparaison nous manque ! Il y a en outre, dans le domaine des arts, deux choses qu'il ne faut pas confondre : le conventionnel et la réalité pure ; et, dans ce dernier ordre d'imitation, la statuaire et la peinture ne cherchent-elles pas, aussi bien, que la poésie, toutes les fois qu'il s'agit d'un personnage connu et populaire, à reproduire ses traits, avec une exactitude qui défie la nature ! Les défauts corporels sont scrupuleusement mis en saillie, et c'est fort souvent cette partie de la ressemblance qui sollicite le plus vivement les sympathies et l'admiration de la foule. La raison de cette singularité se sent et n'a pas besoin de se dire, et nous sommes vraiment honteux de ramener le professeur à l'histoire connue du polype d'Agna. En général, les dieux seuls et les comédiens exigent du peintre et du statuaire des efforts particuliers d'imagination ; les uns parce qu'ils ne se montrent pas, les autres parce qu'ils ont besoin de poser devant la multitude. Il n'est qu'un petit nombre d'autres cas qui souffrent exception, et cette exception confirme la règle. C'est même faire un très mauvais compliment à un homme de valeur réelle que d'embellir sa physionomie, si de très graves intérêts ne se rattachent pas à cette circonstance ; le peintre prouve là son mauvais goût et pas autre chose. Socrate, Esope, Molière, La Fontaine, Corneille, le cardinal de Richelieu, Béranger et même le plus obscur bourgeois, s'il est parfait honnête homme, n'ont pas besoin d'être embellis.

Envisagé de ce point de vue, le daguéréotype est donc une invention d'une incontestable utilité. Que sera-ce si nous jetons les yeux sur la multiplicité de ses applications! Un paysage, un édifice, etc., etc., veulent être copiés dans la plupart des cas, avec une exactitude rigoureuse et ne permettent les caprices du pinceau que dans les régions de la fantaisie. Ajoutons que le daguéréotype n'empêche pas l'homme de poser, de donner à sa physionomie l'expression simple ou complexe des sentimens qu'il veut traduire. On peut en voir de nombreux exemples; et l'image sera d'autant plus facile à réaliser que la main de l'*artiste* est plus expéditive et la tension du patient moins prolongée.

Il est bien entendu que nous omettons ici les découvertes intéressantes qui se rattachent à l'invention du daguéréotype. Cet ordre de réflexions, bien que servant à découvrir davantage tout ce qu'il y a de superficiel et de faux dans l'enseignement du professeur, ne pourrait rien ajouter à l'effet capital de cette courte et rapide analyse.

Nous jugeons inutile de pousser plus loin l'inventaire de la méthode parlée du professeur. Elle est si lisiblement écrite dans son *Manuel* et ses *Mélanges* que nos dernières considérations nous semblent en vérité superflues. Nous ne voulons pas finir néanmoins sans analyser encore une petite maxime que nous avons entendu proclamer dans une autre séance, parce qu'elle trahit d'abord la parfaite quiétude du professeur en présence des émeutes, etc., etc., dont nous sommes gratifiés, depuis cinquante ans, et qu'elle résume merveilleusement en outre les diverses moralités qui résultent de l'ensemble de ses travaux.

Dans une leçon où il étudiait une tragi-comédie de Quinault, *la Généreuse ingratitude*, ou *les Coups de l'amour et de la fortune*, M. Saint-Marc Girardin, à propos d'une situation touchante et vivement exprimée, à dit ceci :

« Au théâtre, la foule, ce grand personnage, ce souverain absolu, supérieur à tous les héros de la terre, qui viennent là, solliciter humblement son suffrage, voit passer avec indifférence les luttes d'ambition et les péripéties bruyantes de la politique... que lui importe les révélations des empires!... Mais qu'un vrai sentiment du cœur, une situation saisissante, résultat du conflit des affections naturelles de l'âme, se montre et pose devant elle, toutes ses sympathies se remuent et se précipitent sur la scène, parce que la foule se reconnaît alors et se sent vivre dans le héros. »

Cette sentence qui, sous une face, est positive et vraie, l'est-elle également sous toutes les autres? Appliquée surtout à la société contemporaine peut-elle résister au creuset d'une sérieuse analyse? Nous concevons que la foule ne se passionne pas pour les triomphes électoraux de certains personnages, en supposant qu'ils fournissent la matière d'un drame au plus habile poète de l'époque; mais n'y a-t-il pas derrière tout cela des émotions qu'elle recherche avec frénésie? Il faut bien le reconnaître : les vrais et purs sentimens du cœur n'ont pas plus le pouvoir aujourd'hui de captiver exclusivement les masses sur le théâtre, que dans l'enceinte mystérieuse du foyer domestique. Le spectacle des batailles et des catastrophes, voilà ce qui provoque, hélas! les bruyans suffrages et les acclamations de la multitude. Eh! comment n'aurait-elle pas ce goût étrange! Depuis cinquante ans l'éducation des peuples ne se fait qu'au bruit de la mousqueterie, des agitations politiques et des émeutes de la rue. Le sens des idées et des choses est si bien renversé, qu'au milieu d'un siècle, pompeusement proclamé le siècle des lumières, au sein de la nation qui se dit et qui est bien la plus spirituelle et la plus intelligente de la terre, qui se glorifie de ses mœurs éminemment sociales, etc.; les plus vieux oripeaux de la Grèce et de Rome, l'ostracisme déguisé des hautes capacités, avec ses inévitables corollaires, sont accueillis comme découvertes neuves et prônés, qui plus est, comme les vrais chefs-d'œuvre de la sagesse humaine : où trouver place, au milieu d'une confusion si ténébreuse pour la noble et saine littérature! Les simples et douces affections du cœur auront bien toujours de l'empire, mais ce que la foule recherchera de préférence, se sont les tueries du mélodrame et le panorama de M. Langlois.....

Nous terminerons ici la tâche laborieuse que nous avions entreprise. De son ensemble qui nous met à même d'apprécier à sa juste valeur l'enseignement général de la faculté des lettres, et par suite, de toutes les facultés de Paris, qu'elle tient forcément sous son influence, nous pouvons désormais déduire les conclusions supérieures qui aboutissent au problème capital de nos sociétés contemporaines. Il est clair que si la littérature, interprète suprême de la pensée humaine, est depuis l'origine du monde, l'instrument décisif de toutes les transformations sociales, tous les efforts de l'intelligence pour découvrir et réaliser les moyens vraiment pratiques de l'*organisation du travail*, seront frappés d'une triste impuissance, tant que la question littéraire, envi-

sagée comme pivot de la question philosophique , ne sera pas au préa-
lable, définitivement résolue. Or, cette question immense qui embrasse
et s'assimile les élémens élevés de tous les autres problèmes, exige
avant tout la sécurité matérielle du pays et la stabilité d'un gouvernement unitaire qui s'appuie sur les grandes traditions du passé, combi-
nées avec les besoins réels de l'époque et les pressentimens de l'avenir. Un débat réfléchi sur l'enseignement national et les problèmes qui
s'y rattachent, impliquant cette condition nécessaire de toutes les so-
lutions réclamées, il nous est permis dès-lors de ranger les panacées
électorales (1) et les hécatombes de ministères parmi les niaiseries sérieuses qui régularisent la décadence des peuples et le renversement
des empires, si, comme l'histoire et le sens commun l'attestent, la
grandeur, la durée des états, et tous les genres de progrès sociaux ne
dépendent pas essentiellement des institutions politiques, mais de la
marche éclairée du pouvoir et des hautes prévisions du génie (2).

(1) Suffrage universel, directet à degré divers, déplacement des colléges
électoraux, etc.

(2) L'ordonnance royale du 7 décembre 1845 est sans contredit une
des plus heureuses inspirations du gouvernement de juillet, depuis 1830,
et atteste au plus haut degré la sagacité politique du ministre (M. de Sal-
vandy) qui l'a contresignée. Elle ouvre la porte à tous les progrès sociaux
en restituant au gouvernement sa plus importante initiative.

25 juillet, 1846

FIN.

IMPRIMÉ CHEZ PAUL RENOUARD, RUE GARANCIÈRE, N. 5.